문학 시간에 영화 보기 **2**

박일환 지음

문학 시간에 영화 보기

2

외국 영화로
만나는

시와
시인들

한티재

우리나라에 시인들이 몇 명쯤 될까? 어디선가 몇만 명은 될 거라고 한 말을 들은 게 기억난다. 그러니 그 시인들이 낸 시집은 또 얼마나 많겠는가. 그렇게 따지면 지구 전체에 헤아리기 힘든 숫자의 시인들이 존재할 거라는 건 불문가지다.

하지만 우리나라 시인들도 다 모르는데 낯선 외국 시인들 이름까지 기억하라고 하면 지나친 요구일 테다. 유명한 시인 몇 명만 겨우 안다 해도 크게 책망받을 일은 아니기도 하다. 그렇지만 무엇이든 알면 좋은 일이고, 즐길 수 있으면 더욱 기쁜 일일 테니 시가 있는 쪽을 향해 조금만 더 마음을 기울이면 좋겠다는 생각도 한다.

한국 영화를 다룬 책에 이어 이번에는 외국에서 만든 영화 중 시와 시인이 나오는 작품들을 호출해 보았다. 분명 수없이 많은 영화들이 있을 텐데 그걸 다 알아낼 방법도 없고, 수입이 안 된 영화도 많아 가능한 범위 안에서 내 눈에 들어온 작품들을 대상으로 삼았다.

　아쉬운 건 시인을 등장시킨 영화들이 대체로 예술영화로 분류되다 보니 오락 영화에 비해 관객 유인 효과가 적은 탓인지 수입사의 관심에서 벗어나 있다는 사실이다. 그래서 꼭 보고 싶은 영화들이 많음에도 아쉬운 마음만 달래야 했다. 최소한 국제영화제에서 상영된 영화들만이라도 동영상 스트리밍 사이트에서 배급이 되면 좋겠다.

　서양 영화가 많긴 하지만 제3세계권의 영화도 다룰 수 있을 만큼 다루려고 했다. 시인들의 생애가 중심이 된 영화도 있고, 시가 영화의 배경으로 쓰인 작품도 있다. 그런 차이를 떠나 영화를 통해 시를 생각해 볼 수 있는 시간을 가져 볼 것을 권한다. 영화의 힘과 시의 힘이 어우러져서 내는 시너지 효과도 느껴 보면서.

　한국 시에 비해 외국 시는 번역을 거쳐야 하므로 원작 시가 가진 본래의 의미나 맛을 충분히 느끼기 어려울 수 있다. 더구나 문학을 전공한 전문 번역자의 손을 거치지 않으면 그런 아쉬움이 더할 수도 있는데, 그런 한계는 어쩔 수 없이 감안하며 볼 수밖에 없다.

외국 영화에서 시를 해석한 자막을 어떻게 처리해야 할까 고민스러웠다. '번역은 반역'이라는 말도 있는 것처럼 외국 시를 우리말로 번역할 때 생기는 뚜렷한 한계가 있다. 최대한 원문의 의미와 느낌을 살리도록 해야 한다는 건 원론상 맞는 말이지만 그게 말처럼 쉬운 일이 아니라는 것 또한 사실이고 현실이다. 일단 번역 자막대로 인용하는 걸 원칙으로 삼으면서 오역이나 너무 어색하다 싶은 표현만 일부 다듬었다. 내가 외국어 실력이 너무 부족하다는 이유도 있지만, 영화를 보는 관객들은 원문이 아닌 자막에 나온 번역문을 볼 것이기 때문이라는 이유도 작용했다.

자막은 화면 전환에 따른 가독성을 고려해 내용을 축약하거나 속어와 직설적인 표현을 순화시키기도 한다. 번역자의 실력과 수준에 따라 다르긴 하겠지만 내가 봐도 무성의한 번역이나 맞춤법에 어긋나는 오타도 꽤 있다. 그럼에도 현실적인 이유 때문에 최대한 자막에 나온 그대로 인용했다.

책에서 소개한 영화를 보고 싶어 할 독자들도 있을 것 같아 뒤에 영화를 볼 수 있는 동영상 스트리밍 사이트 목록을 정리해서 덧붙였다. 이 책이 영화와 시를 잇는 길잡이가 되는 동시에 문학 시간을 풍요롭게 가꾸도록 하는 역할을 할 수 있으면 좋겠다는 바람과 함께, 책이 나오도록 애써 준 모든 이들에게 고마운 마음을 전한다.

2022년 여름

박일환

차
례

시,

일상의 반복과 변주

패터슨
짐 자무시, 2016

누구나 일상을 살아간다. 시인이라고 해서 예외는 아니다. 일상 속에서 극적인 사건은 자주 일어나지 않는다. 고만고만하게 전개되는 일상의 지루함을 견디며 꾸역꾸역 이어 가는 것이 삶의 대부분을 이룬다.

그런데 자세히 들여다보면 일상이라도 늘 똑같지는 않다. 단조로움 속에 미세한 변화가 있고, 같은 일상을 살아가는 것처럼 보이는 사람들일지라도 저마다 관심 분야와 고민이 다르다. 같으면서 다르고, 다르면서 같은 일상이 중첩되는 것, 그걸 일상의 스펙트럼이라 부를 수도 있겠다.

짐 자무시 감독은 콜롬비아 대학에 입학해서 문학을 전공하며 시를 썼으나 4학년 때 교환학생으로 1년간 파리로 건너가 생활하면서 많은 영화를 접하고 돌아온 뒤 문학에서 영화로 진로를 바꾸었다. 그래도 문학과 시에 대한 관심을 버린 건 아니어서 살아오는 동안 여러 시인들과 교류했다. 지금도 시를 애호하는 감독으로 알려져 있으며, 영화 〈패터슨〉은 그런 자무시의 감성을 잘 드러낸 작품으로 평가받는다.

〈패터슨〉 이전에 시를 영화에 접목시킨 작품으로는 초기의 대표작 〈데드 맨〉(1995)이 손꼽힌다. 이 영화의 주인공 이름은 윌리엄 블레이크인데, 영시에 관심이 있는 사람이라면 대뜸 18~19세기에 걸쳐 활동한 영국 시인 윌리엄 블레이크(1757~1827)를 떠올릴 것이다. 영화 속 블레이크가 위험에 빠진 상태에서 '노바디'라는 괴짜 인디언을 만나게 되는데, 노바디는 자신이 만난 인물이 영국 시인 블레이크가 환생한 것으로 믿는다. 그리고 영화 안에 블레이크 시인이 쓴 시 구절이 여러 차례 등장한다.

두 영화 모두 시를 모티브로 해서 만든 작품이지만 영화의 전개 방식이나 주제 의식의 결은 상당히 다르다. 〈패터슨〉이 단순성에 바탕을 둔 영화라면 〈데드 맨〉은 은유와 상징을 많이 사용한 복합적인 구조를 취하고 있다. 자무시는 미국의 독립 영화를 대표하는 감독으로 줄곧 미국의 현대 문명을 비판하는 입장을 취해 왔으며, 〈데드 맨〉도 그런 계열의 영화다. 그에 반해 〈패터슨〉은 비판적인 시각 대신 시를 전면에 내세우며 감성적인 측면이 두드러지도록 했다.

'패터슨'은 미국 조지아 주에 있는 소도시 이름이면서 영화 속 주인공의 이름이기도 하다. 역시 패터슨이라는 이름을 가진 버스 회사의 운전기사로 일하는 패터슨(애덤 드라이버)은 무척 단조로운 생활을 한다. 아침에 아내 로라(골쉬프테 파라하니)가 싸 준 도시락통을 들고 출근해서 하루 종일 버스 운전을 하고, 저녁에는 반려견 마빈을 데리고 나가 동네 바에서 맥주 한 잔을 마시고 돌아오는 걸 낙으로 삼는다.

다른 사람에 비해 특별한 점이 있다면 자신의 비밀 노트에 시를 쓰고 있다는 사실이다. 아내만 그런 비밀을 알고 있을 뿐 패터슨은 누구에게도 시를 쓴다는 얘기를 하지 않는다. 아내는 남편이 시 쓰는 걸 좋아하고 격려한다. 패터슨이 패터슨 시에 살았던 선배 시인 윌리엄 카를로스 윌리엄스(1883~1963)의 시를 읽어 주자 당신 시도 그에 못지 않다는 식의 칭찬도 아끼지 않는다. 나아가 시를 쓰는 데만 그치지 말고 세상 밖으로 들고 나가서 발표하라고 부추긴다.

> "있잖아. 당신 그 멋진 시 어떻게 좀 해 봐. 그건 세상 사람들에게 알려야 해."
> "세상? 겁주지 마."
> "아냐! 진심이야. 이 바보야."

아내의 말에 패터슨은 한마디로 가당치 않은 일이라는 반응을 보인다. 시인이 될 것도 아니고, 어디 발표할 것도 아니면서 패터슨은 왜 매일 시를 쓰는 걸까? 패터슨은 시 쓰는 일 외에 아무런 욕망이 없으며, 남들이 다 가지고 다니는 스마트폰도 거부한다. 어찌 보면 참 재미없게 사는 사람이다. 그런 패터슨에게 시는 그냥 생활이자 일상인 것처럼 보인다. 아내가 혹시 모르니 원고를 복사해서 사본을 만들어 놓으라고 해도 차일피일 미룬다.

영화는 일상의 반복을 보여 준다. 월요일 아침잠에서 깨는 장면에서 시작해서 일요일까지 일주일의 시간을 하루하루 일기처럼 펼쳐 놓는다. 일상은 대개 지루하다. 그래서 보는 이에 따라 영화도 조금은 지루하게 느껴질 수 있다. 하지만 일상이 없으면 삶이 지속될 수 없다. 감독의 의중을 짐작해 보건대, 일상의 지루함을 견디게 해 주는 게 시라고 말하는 듯하다. 시와 함께 살면 그 자체로 충분한 사람, 패터슨이라는 아마추어 시인을 통해.

일상이라고 해서 늘 똑같지는 않다. 패턴은 비슷할지언정 매 순간 매 장면이 다르다. 영화는 매일 버스에 탄 승객들의 대화를 들려주는데, 승객의 나이와 신분에 따라 나누는 대화의 주제가 다르다. 저녁에 가는 바에서 만나는 사람들도 각자 다양한 개성을 지니고 있다. 그래서 저녁마다 다른 풍경이 펼쳐진다. 왜 안 그렇겠는가. 삶이란 그런 식으로 조금씩 다른 조각들이 모여 이루어지는 모자이크 같은 것인지도 모른다.

영화에는 다양한 은유가 등장하는데, 그중에서 대표적인 게 쌍둥이의 존재다. 첫날 아침에 잠에서 깬 아내는 쌍둥이를 낳으면 어떻겠냐는 말을 하고, 버스 승객 중에 쌍둥이가 탄 모습을 비춰 주기도 한다. 쌍둥이야말로 같은 듯 다른 존재다. 어제와 오늘이 같은 듯하면서 다르듯. 그래서 일상은 단순한 반복이 아니다. 반복 속의 변주, 이건 시의 특질이기도 하다. 반복은 리듬을 만들어 내고, 변주는 의미를 생성시킨다. 그 둘의 조화가 시를 끌어가는 힘으로 작용한다.

일상 속에는 가끔 예기치 않은 사건이 끼어들기도 한다. 일상에 젖어 긴장을 늦추는 순간, 느닷없이 들이닥치는 불행 같은 것들. 토요일 저녁, 모처럼 아내와 함께 영화 구경을 하고 돌아오니, 시를 써 둔 비밀 노트가 갈가리 찢긴 채 거실에 조각조각 흩어져 있다. 집에 놔두고 간 마빈이 한 짓이다. 평소 지하실에 보관하던 노트를 하필이면 그날따라 왜 거실 소파에 던져 두고 갔을까?

뒤늦은 후회는 언제나 부질없는 법이어서, 그저 망연함에 사로잡힐 뿐이다. 조각을 이어 붙여 보겠다는 아내의 말에 패터슨은 부질없다는 듯 손을 내저으며 이렇게 말한다.

"그냥 물 위에 쓴 말일 뿐이야."

아내는 남편을 위로하고 싶지만 어떤 말로도 위로가 되지 않는다. 아내에게는 괜찮다고 하면서도 마음은 편할 리 없다.

불행의 전조는 있었다. 퇴근하다 집 앞에 서 있는 우편함이 기울어져 있는 걸 본 패터슨은 이내 바로잡아 놓는다. 다음 날 퇴근길에 보니 우편함이 또 기울어져 있다. 이번에는 잠시 멈춰 서서 바라보다 귀찮은 듯 그냥 들어간다. 우편함을 기울 어뜨린 것 역시 마빈이 한 짓이라는 게 나중에 드러난다.

일상을 바로 세우는 일은 무척 중요하다. 그런데 이런 중 요성을 많은 이들이 잘 모른다. 사소해 보여서 그럴 수도 있 겠으나 세상에 사소한 건 없다. 사소한 걸 사소하지 않게 처 리하기, 이건 삶의 기술이기도 하지만 시의 기술이기도 하다. 시의 역할 중 하나가 기미를 알아차리는 것이다. 거창하게 예 언자의 역할이라고까지 할 건 없을지 몰라도 사소한 균열을 통해 다가올 미래를 예감하는 일은 시인이 지녀야 할 덕목 중 의 하나다. 물론 시인이라고 해서 늘 그런 긴장감을 가지고 살 수는 없는 일이지만 그런 덕목의 필요성을 인식하느냐 못 하느냐는 중요한 일이다.

비밀 노트를 물어뜯은 건 마빈이 한 짓이지만 참사를 불러 들인 원인은 패터슨의 부주의다. 그로 인해 그동안 썼던 시들 이 모두 사라졌다. 되돌릴 길도 없다. 한순간 방심의 대가는 이렇게 가혹한 법이다. 그렇다면 이제 어떻게 해야 하나? 다시 시작하는 수밖에 없으나 그러기 전에 치러야 할 의식이 있다. 원망과 자책은 아무런 도움이 되지 않는다. 일상을 다시 추스르기 위해 혼자만의 시간을 갖는 것, 즉 성찰이 새로운 시작을 가능하게 한다.

패터슨은 마음을 다스리기 위해 집을 나와 폭포가 보이는 풍경을 찾아간다. 그 앞 벤치에 앉아 있다가 마침 일본에서 온 시인을 만난다. 일본 시인은 관심 있는 시인들의 도시를 찾아다니는 중이고, 패터슨에 살며 패터슨의 풍경을 노래한 시인 윌리엄 카를로스 윌리엄스의 흔적을 찾아왔다고 했다. 그러면서 둘 사이에 시에 대한 흥미로운 대화가 펼쳐진다. 그 중에서 나는 일본 시인이 말한, "번역을 한 시는 우비를 입고 샤워하는 것과 마찬가지죠"라고 한 대사가 인상 깊었다. 시로 숨을 쉰다고 자신을 표현하는 일본 시인은 헤어지면서 패터슨에게 빈 공책 한 권을 선물한다.

"가끔은 빈 노트가 많은 가능성을 주죠."

일본 시인이 건넨 말은 의미심장하긴 하지만, 아주 특별하다고 하기는 어렵다. 그보다는 작별 인사를 건네고 가던 일본 시인이 문득 돌아서서 던진 "아~하!"라는 한마디가 훨씬 내 마음을 끌어당겼다. 헤어지기 전에도 서로 "아~하!"라는 대사를 주고받긴 했지만, 마지막에 한 번 더 상기시켜 주는 그 짧은 대사에서 자무시 감독의 시에 대한 통찰력이 상당하다고 여겼다. 시는 '갸우뚱'에서 '아~하!'로 넘어가는 순간에 태어나는 거라고 할 수 있다. '저기에 분명 뭔가가 있는데…', '어떻게든 그걸 잡아내서 그럴듯하게 표현해야 하는데…' 하며 고민하다 한순간 머리를 탁 치고 가는 것을 잡아채는 능력. 오랜 훈련이 필요한 일이고, 그건 앞서 말한 대로 사소한 걸 사소하지 않게 대하는 태도와 맞닿아 있다.

영화에는 패터슨이 썼다고 하는 시가 여러 편 나온다. 실제로는 미국의 저명한 시인 론 패짓(1942~현재)의 작품이다. 그중에서 시와 관련해서 생각해 볼 수 있는 인상적인 작품 한 편을 보자.

다른 하나(Another One)

어렸을 때
너는 배운다.
세 가지 차원이 있다고:
높이, 넓이, 그리고 깊이.
신발 상자처럼.

그리고 나중에 너는 듣는다.

네 번째 차원이 있다는 걸:

시간.

흠.

그러면 어떤 사람은 말하지.

5차원, 6차원, 7차원도 가능하다고….

여기서 5차원 이상은 별로 중요하지 않다. 그건 인간이 감각하거나 사유할 수 있는 차원을 넘어서는 것이므로. '다른 하나'의 차원이라고 말한 '시간'은 인간의 삶을 규정하고 변화시키는 무척 중요한 요소다.

인간의 삶이란 시간의 축적물이라 할 수 있다. 자신이 살아온 과거의 시간들 위에 현재의 시간을 겹쳐 가면서 앞으로 다가올 시간을 가늠하고 대비하는 것, 그게 인생이다. 과거의 시간을 삭제시키거나 변형시킬 방법은 없다. 현재의 시간은 과거의 시간이 모여서 이루어진 것이며, 미래는 현재의 시간을 어떻게 살아가느냐에 따라 결정될 것이다. 높이와 넓이 그리고 깊이는 그 자체로 존재할 뿐 운동성을 갖지 못한다. 그런 반면 시간은 움직이면서 진행되는 것이고, 그런 움직임 속에서 변화와 사건이 따라 나온다.

시가 인간의 삶을 다룬다고 할 때 그건 연속되는 시간 속에 놓인 인간을 다룬다는 말과도 통한다. 시간이 흘러가듯 그에 맞추어 인간의 삶도 흘러가며, 그건 변화를 전제로 한다. 어제의 시간과 오늘의 시간이 다르듯 어제의 나와 오늘의 내가 같을 수 없다. 미래의 시간과 나는 또 어떤 모습을 하게 될지 모른다. 시간이 지닌 이런 역동성을 포착하는 것, 그게 진짜 삶이고 시 아니겠는가.

론 패짓의 시 말고 딱 한 편 자무시 감독이 직접 썼다는 시가 있다. 퇴근길에 우연히 거리에서 만난 소녀가 패터슨과 마찬가지로 자신의 비밀 노트에 쓴 시를 읽어 주는 장면이 나온다. 소녀는 패터슨이 버스 기사라는 건 알지만 시를 쓴다는 사실을 모른 채 시에 관심이 있냐고 묻는다. 관심이 있다고 하자 기쁜 표정을 지으며 자신이 쓴 시를 읽어 주겠다고 한다. 그러면서 자신의 시가 완전히 운이 맞지는 않는다고 하지만 패터슨은 안 맞는 게 더 마음에 든다고 한다.

물이 떨어진다

밝은 공기에서 물이 떨어진다.
머리카락처럼 떨어진다.

어린 소녀의 어깨 위로 떨어진다.

물이 떨어진다.

아스팔트에 웅덩이를 만들고
구름으로 더러운 거울을 만든다.
우리 집 지붕에 떨어지고
엄마와 내 머리 위로 떨어진다.

사람들은 그걸 비라 부른다.

마지막 구절을 읽으며 독자 여러분도 혹시 "아~하!" 하는
느낌을 전달받았는지 모르겠다. 시를 다 듣고 난 패터슨은 아
름답고 멋진 시라고 칭찬해 준다. 시로 통한 두 사람은 헤어
지면서 인상적인 대화를 주고받는다.

"에밀리 디킨슨 좋아하세요?"
"그래, 내가 좋아하는 시인이야."
"멋져요. 에밀리 디킨슨을 좋아하는 기사 아저씨."

디킨슨은 생전에 시인으로 인정을 받아 보지 못했던 시인이다. 그래도 시가 좋아서 평생 혼자서 누구도 읽어 주질 않을 시를 썼고, 패터슨과 소녀 역시 시인으로 이름을 얻기 위해 시를 쓰는 건 아니라는 면에서 서로 통하는 지점이 있다.

패터슨은 우리가 시인이라고 할 때 흔히 연상하는 특징을 거의 가지고 있지 않다. 소녀의 눈에 비친 대로 그냥 평범한 운전기사일 뿐이다. 자무시 감독은 꼭 유명 시인들만 시를 쓰라는 법은 없으며, 일상을 살아가는 누구나 쓸 수 있고, 시가 우리 삶에서 그리 먼 곳에 있는 게 아님을 말하고 싶었던 것으로 보인다.

영화의 마지막은 다시 월요일 아침 풍경을 비춘다. 똑같은, 그러나 새로운 일상이 시작되는 날이다. 패터슨에게 일주일 치의 빈 노트가 주어진 셈이기도 하다. 그 노트에 패터슨은 어떤 시를 쓰게 될까? 일상이 있으면 거기에 시가 있다. 패터슨은 다시 운전을 할 거고, 저녁이면 단골 바에 가서 맥주 한잔으로 그날의 노고를 달랠 것이다. 그런 틈 사이에서 어제 쓴 시와 다른 패터슨만의 새로운 시가 쓰일 것이고!

어린

천재 시인들의

세계

나의 작은 시인에게

사라 코랑겔로, 2018

텔레비전에서 하는 노래 경연 프로그램에 가끔 어린아이들이 출연하는 걸 본다. 열 살도 채 안 된 어린애가 어쩌면 저렇게 어른 못지않게 감정을 실어서 노래하는지 놀랄 때가 많다. 그러면서 과연 신동이라는 평가에 동의하곤 하는데, 그렇다면 시를 잘 쓰는 신동도 있을까? 다섯 살 때부터 작곡을 했다는 모차르트의 예를 들지 않더라도 예술 분야에서 일가를 이룬 꼬마 천재들은 많았다. 그러니 시라고 해서 꼬마 천재가 나오지 말라는 법은 없다.

영화 〈나의 작은 시인에게〉에는 시에 천부적인 재능을 지닌 꼬마 남자아이가 나온다. 원제는 'The Kindergarten Teacher', 즉 '유치원 교사'다. 고등학생 자녀 둘을 둔 중년의 유치원 교사 리사(매기 질렌할)는 저녁 시간을 이용해 평생교육반 시 창작 교실에 다닌다. 시를 잘 쓰고 싶다는 열망은 가득하지만 재능은 없는 리사. 자신도 그런 사실을 알고는 있으나 꿈을 포기하지는 못한다.

영화에는 리사가 썼다고 하는 시가 초반에 한 번 나온다.

꿈의 정원이 만개했네

장미, 아이리스

플록스 꽃 핀 이곳에

흰 크로커스 한 송이 고고히도 서 있네

　시를 보고 싶다는 남편에게 하이쿠를 흉내냈다며 공책에 쓴 시를 건네는데, 남편은 시가 좋다고 말해 주지만 리사는 남들은 별로라고 했다며 웃고 만다. 내가 보기에도 별다른 시적 감흥을 느낄 수 없는 작품이다.

　그러던 어느 날 유치원 수업이 다 끝나고 아이들이 돌아간 빈 교실에서 다섯 살 반짜리 지미(파커 세바크)가 앞뒤로 왔다 갔다 하며 혼잣말로 중얼거리는 걸 듣게 된다. 무슨 말을 중얼거리는가 싶어 유심히 귀를 기울이던 리사는 깜짝 놀란다. 지미의 입에서 흘러나온 건 짧지만 뛰어난 한 편의 시였다.

애나는 아름답다.

나에게는 충분히 아름답다.

태양이 그녀의 노란색 집을 두드린다.

마치 신이 보낸 신호처럼.

지미의 재능을 알아본 리사는 지미가 지은 시를 자신의 수첩에 옮겨 적게 되고, 어느 때든 시상이 떠오르면 자신에게 전화를 해서라도 들려 달라고 한다. 집에 가서 남편에게 지미의 시를 읽어 주자 남편도 놀라워한다.

그런데 이후에 리사는 뜻밖의 행동을 한다. 지미가 쓴 시를 시 창작 교실에 가지고 가서 마치 자신이 쓴 시인 것처럼 발표한 것이다. 그전까지 존재감이 없던 리사는 수강생들의 주목을 받게 되고, 강사로부터 "적은 요소로 매우 복잡한 것들을 느끼게 해주어서 훌륭했고, 소소한 아름다움을 누군가 얘기해 준 느낌이며, 사소한 것에서 아름다움을 끌어냈"다는 호평을 받는다. 그러자 한 번에 그치지 않고 다음 시간에도 지미의 시를 가져와서 발표한다. 아무리 인정 욕구가 강한 편이라고는 해도 해서는 안 될 행동이었다.

영화는 지미보다는 리사의 복잡한 내면을 좇아가는 심리극으로 전개된다. 욕망과 질투, 집착으로 이어지는 리사의 심리는 무어라 설명하기 어려울 만큼 다양한 기제가 섞여 있다. 그런 불안정한 상태가 결국 리사를 파국으로 몰아가며, 중간중간 지미가 지었다는 시가 삽입되어 나온다. 하나같이 천재성이 발휘된 작품들이다.

영화 속 지미는 감독이 만들어 낸 가공인물이다. 영화를 보면서 나는 미국의 천재 소년 시인이라 불렸던 매티 스테파넥(1990~2004)을 떠올렸다. 감독이 혹시 매티 스테파넥을 생각하면서 시나리오를 쓴 건 아닐까 하는 생각도 해 보았다.

매티는 근육성 이영양증이라는 희귀 질환을 안고 태어났다. 바로 위 형이 같은 병으로 네 살 때 세상을 떠났고, 매티도 오래 살지 못할 거라는 진단을 받았다. 매티가 처음 시를 쓰기 시작한 건 아직 글자도 익히기 전이었다. 형이 죽고 난 다음 같이 놀 사람이 없자 인형과 레고를 갖고 놀며 그런 사물들과 대화를 했다. 그걸 들은 엄마는 매티가 하는 말이 신기해서 적어 두기 시작했고, 매티는 엄마에게 그 글을 읽어 달라고 했다. 자신이 한 말이지만 왠지 멋진 시 같다는 생각을 하면서 시상이 떠오를 때마다 엄마에게 받아 적어 달라거나 스스로 녹음기에 녹음을 해 두었다.

그렇게 시를 쓰면서 지내다가 마침내 예정된 시간이 되었다는 듯 열 살이 되자 매티에게 죽음의 그림자가 다가왔다. 의사들은 회복 가능성이 없다는 판단을 내렸고, 매티를 가엾게 여긴 병원 사람들이 매티에게 마지막 소원을 말해 보라고 했다. 그러자 매티는 자신의 시집을 갖고 싶다는 소망을 전했고, 주위의 도움으로 그동안 써 두었던 시들을 모아 『마음의 노래(Heart Songs)』라는 제목으로 된 시집 이백 권을 찍었다.

주변에 나눠 주려고 찍은 시집 속의 시들이 대단하다는 소문이 나면서 몇 달 만에 수십만 권이 팔리는 기적이 펼쳐졌다. 다행히 병상에서 일어나게 된 매티는 유명 인사가 됐고, 오프라 윈프리가 사회를 보는 텔레비전 프로그램에 출연까지 하게 된다. 그리고 병이 호전되면서 카터 전 대통령과 친분을 맺고 세계의 평화를 위한 운동을 함께 전개한다. 그러나 시인이자 평화운동가로 나서게 된 매티는 선천성 질환 때문에 열네 번째 생일을 며칠 앞둔 날 눈을 감는다.

매티의 사례를 들었지만 동서고금을 둘러보면 어린 천재 시인들은 참 많았다. 우리나라만 해도 조선시대 사람 김시습이 만 세 살 때부터 시를 지었으며, 다섯 살 되던 해에는 당시 임금인 세종의 귀에도 소문이 들어가 승지로 하여금 재능을 시험해 보도록 했고, 천재성을 확인한 세종이 비단 오십 필을 하사했다는 이야기가 전해진다. 그때부터 김시습이 '오세신동(五歲神童)'으로 불렸다는 말과 함께.

오래전에 몇몇 시인들과 덕적도로 문학 기행을 다녀온 일이 있다. 그때 덕적초등학교에서 아이들을 만나 문학 행사를 하면서 즉석 백일장을 열었다. 아이들이 쓴 작품을 읽고 심사를 하는데 2학년인지 3학년인지 기억이 가물거리지만 어쨌든 저학년 학생이 장원을 했다. 5, 6학년 학생들도 함께 시를 써

냈지만 심사를 한 동료 시인들 입에서 한결같이 학년이 낮을수록 시가 좋더라는 말이 나왔다. 무슨 이유 때문에 그럴까?

흔히 어린이들의 마음은 아무것도 물들지 않은 백지와 같다고 한다. 아직 세상의 때가 묻지 않았다는 말일 텐데, 이 말을 이렇게 바꿔서 생각해 볼 수도 있겠다. 아직 사회화가 덜 이루어져서 그런 거라고. 나이를 먹고 세상과의 접촉면을 늘리는 과정에서 사회화가 이루어지는데, 사회화란 앞선 사람들이 오랜 시간에 걸쳐 쌓아온 기존 관념과 질서에 익숙해진다는 뜻이다. 사회화가 진행될수록 남이 가르쳐 준 지식에 의지하며 그대로 따라 하는 경향이 강해지기 마련이다. 그게 실패를 줄이는 길이기 때문이다.

어린아이가 엉뚱한 말이나 행동을 해서 어른들을 웃게 만드는 일이 많은데, 사회화가 진행될수록 그런 일이 줄어든다. 초등학생도 고학년이 되면 이미 사회화가 상당히 진행된 상태라는 것, 그러다 보니 엉뚱하지만 새로운 생각보다는 어디서 많이 접해 본, 이미 익숙한 생각이나 표현에 끌리게 된다는 것이다. 시는 정해진 논리의 회로를 따라 움직이는 대신 돌발성과 의외성이 출몰하는 곳으로 가야 한다. 그랬을 때 독자가 시를 읽고 "아하!" 하는 감탄사를 내놓게 된다.

시인에게는 직관의 능력이 중요하다는 말을 많이 한다. 직관이란 쉽게 말하면 있는 그대로 본다는 말일 텐데, 그게 잘 안 되는 이유는 이미 알고 있는 게 많아서 그런 것들의 방해를 받기 때문이다. 시의 언어는 채우는 것보다 비우는 것 쪽에 가깝다. 아울러 복잡한 것보다는 단순한 것과 가깝기도 하다. 시대가 변하면서 시도 따라서 변하고, 최근에는 점점 어렵고 복잡한 형태를 띤 시들이 많이 나오고 있다. 그런 흐름을 부정하지는 않으며, 그런 시들도 시의 영역을 넓히는 데 긍정적인 역할을 할 수 있을 것이다. 그럼에도 나는 시의 본령과 출발점이 비우는 것과 단순한 것에 있을 거라고 믿는다.

어린이들은 모두 타고난 시인이라는 말을 하는 사람들이 있다. 그런 면에서 본다면 동심과 시심은 크게 다르지 않다고 말할 수도 있겠다. 이오덕 선생님이 오래전에 펴낸 『일하는 아이들』이라는 제목의 어린이 시집이 있다. 농촌 아이들이 직접 쓴 시들을 모아서 엮은 시집인데, 언제 읽어도 감동을 준다.

요즘도 심심찮게 아이들이 쓴 시들을 모은 시집들이 출판되고 있다. 그런 시집 속의 아이들이 모두 천재라고 할 수는 없어도 아이들 마음속에 시가 숨어 있는 건 분명하다. 어릴 적에 시를 잘 쓴다고 해서 나중에 모두 시인이 되지는 않을 것이고, 그럴 필요도 없다. 다만 시를 쓰면서 자기를 표현하는 능력을 기르는 게 중요한 가치를 지니고 있다는 사실만은 잊지 말았으면 한다.

다시 영화로 돌아가 보자. 리사는 지미의 천재성을 키워 주고 싶어 한다. 유명 시인들의 시를 들려주고, 낮잠 시간에 지미를 깨워 화장실로 데려가 상상 놀이도 시켜 가며 시를 끌어내 보려 하지만 지미는 별 관심을 보이지 않고 딴짓만 한다. 그러다가도 어느 순간이 되면 혼자 시를 만들어 읊조린다.

지미를 유치원으로 등하교시키는 보모 베카에게 도움을 요청하지만 자신이 바라는 만큼 역할을 못 한다는 생각에 불만스럽다. 지미의 부모는 별거하며 이혼 소송을 하는 중이고, 지미를 맡고 있는 아버지는 커다란 클럽을 운영하며 지미의 양육은 보모에게 전적으로 맡겨 둔 상태다. 리사는 직접 지미의 아버지를 만나 시에 천재성을 지닌 지미를 특별하게 키워 보자고 요청하며 베카 대신 오후 시간에 자신이 지미를 돌보겠다고 하자 지미의 아버지도 허락한다.

리사는 강사로부터 시의 재능을 인정받아 시인들이 참가하는 시 낭독회에 초대받은 상태다. 리사는 그날 낭독회장에 지미를 데려가기 위해 낭독 연습을 시켰다. 그리고 지미의 아버지에게 그런 사실을 알린다. 하지만 그날은 지미가 친구랑 야구 연습하러 가는 날이라며 안 된다고 한다. 낙담을 한 리사는 무리한 행동을 한다. 야구 연습을 하기로 한 날 지미 상태가 안 좋다며 자신이 병원에 데려가겠다는 핑계를 대고 시 낭독회장으로 지미를 데려간다.

그곳에서 지미는 자신이 지은 시 두 편을 낭독한다. 낭독이 끝난 후 청중이 시에 나오는 애나는 누구냐는 질문에 사랑하는 누구든 될 수 있지만 자기에게는 유치원 보조 교사 메건이라고 대답한다. 그 순간 옆에 서 있던 리사는 무대를 떠나 버린다. 그리고 시 창작 강사로부터 그동안 수업 시간에 왜 남의 시를 베껴서 발표했냐며 질타를 받는다.

그 사건 이후 사태는 점점 악화된다. 지미의 아버지는 유치원 교사가 거짓을 꾸며 아들을 야구 연습 대신 시 낭독회에 데려간 사실을 알고 화가 나서 지미를 다른 유치원으로 보내 버린다. 불안과 절망에 빠진 리사는 멋진 곳으로 수영하러 가자는 말로 지미를 꾀어 차에 태운 다음 캐나다와 맞닿은 국경 근처 호숫가까지 간다. 그곳에서 함께 수영을 하고 지미가 읊는 시를 옮겨 적기도 한다. 그런 지미가 리사는 너무 사랑스럽다. 리사는 그렇게 지미와 지내며 지미가 시를 읊으면 그걸 모아 적어서 나중에 시집도 내고 싶어 한다.

하지만 그건 리사의 일방적인 감정이었을 뿐 지미의 감정과는 상관없는 일이었다. 숙소로 돌아온 리사가 샤워하러 욕실로 들어가자 지미는 바깥에서 문을 잠근 다음 경찰에 전화를 걸어 자신이 납치당했다며 구해 달라고 요청한다. 지미가 전화하는 걸 들으며 리사는 울먹이며 이렇게 말한다.

"지미, 그거 아니? 세상이 널 지워 버리려 해. 세상에 널 받아줄 곳은 없단다. 너 같은 사람들 말이야. 몇 년도 안 지나 너도 나 같은 그림자가 될 거야."

이 말은 아마도 리사의 진심이었을 것이다. 문제는 진심 여부와는 별도로 망상에 빠져 있는 상태라는 것도 분명하다. 출동한 경찰은 지미를 보호하기 위해 경찰차에 태운다. 경찰이 지미를 차에 태운 다음 아이스크림을 사 오겠다며 차 문을 닫고 가자 지미는 차 안에서 다급하게 혼자 외친다.

"시가 떠올랐어요."

하지만 이제 지미의 시를 받아 적어 줄 사람은 없다. 영화는 그 장면에서 끝난다. 리사는 지미가 시에 천재적인 재능을 가지고 있는데도 주변 사람들이 너무 무심한 반응만 보이는 걸 참을 수 없었다. 특히 지미의 아버지는 글재주라는 건 살아가는 데 아무런 도움이 되지 않으며, 돈을 많이 버는 기술이 중요하다고 믿는 사람이다. 마지막 장면에 나오는 경찰도 지미가 어린아이이니까 아이스크림을 사 주면 좋아할 거라는 생각만 할 뿐 시 같은 것에는 관심이 없다.

리사는 보기에 따라 예술이라는 겉멋에 빠진 허영에 찬 인물일 수 있다. 리사가 창작 시간에 발표했던 시가 실은 지미의 것이었다는 사실을 알게 된 강사가 당신은 예술가가 아니라 허세라고 말했던 것처럼. 그래도 리사가 시를 사랑한다는 것과 지미의 천재성을 알아보는 눈을 가진 건 사실이다. 그런 리사를 잃게 된 지미는 어떻게 될까? 영화의 마지막 장면은 묘한 여운을 남긴다. 시인을 알아보지 못하는 부박한 사회 혹은 시가 소외되어 가는 현실을 꼬집는 것도 같다.

지미가 쓴 시를 다시 읽어 본다. 애나 대신 '시'를 넣어서.

시는 아름답다.
나에게는 충분히 아름답다.
태양이 그녀의 노란색 집을 두드린다.
마치 신이 보낸 신호처럼.

신이 보낸 신호를 잡기 위해 애쓰는 시인들이 여전히 세상에는 많을 거라고 믿는다. 나는 '시'를 넣어서 읽었지만 시 대신 각자 마음이 끌리는 다른 걸 넣어서 읽어도 된다. 시는 본래 그런 확장성을 가진 장르이므로.

시는

교과서 바깥에 있다

죽은 시인의 사회
피터 위어, 1989

고등학교 1학년 때까지 나는 교과서에 나오는 시인들이 이 세상 시인의 전부인 줄 알았다. 그러다 문학을 사랑하고 좋아하는 친구들을 만나면서 시와 소설의 세계에 조금씩 눈을 뜨기 시작했다. 그때부터 막연히 시인이 되면 좋겠다는 생각을 했고, 서점에 가서 친구들이 말하는 시집과 소설집을 사서 읽기 시작했다. 그렇게 해서 신경림, 정현종, 강은교 같은 교과서 바깥의 시인들을 알게 됐고, 소설가로는 최인훈, 황석영 등을 만났다. (지금은 대부분 교과서에 실리는 작가들이 되었다.) 그 당시 나에게 시인은 너무 멀고 높은 곳에 있는 존재였다.

고등학교 시절은 친구들과 어울리는 즐거움도 있었지만 입시가 주는 압박감에 어서 빨리 졸업하고만 싶었다. 고등학교 3년도 지겨운데 그걸 연장하는 재수 같은 건 절대 하고 싶지 않아서 아무 대학이나 가면 된다고 생각했다. 한번은 밤늦도록 교실에 혼자 남아 공부하다 불을 끄고 교실 바닥에 엎드려 엉엉 울기도 했다. 그만큼 교과서와 참고서로 하는 공부가 싫었다. 좋아하는 시집이나 소설집만 평생 읽고 싶었다.

영화 〈죽은 시인의 사회〉는 대학 진학을 위한 예비 학교인 웰튼 아카데미에서 신입생 환영식을 하는 장면으로 시작한다. 교장이 식장을 내려다보며 학생들에게 교훈을 아느냐고 묻자 전체가 기립해서 '전통, 명예, 규율, 최고'라고 대답한다. 아이 비리그 진학을 최우선 목표로 삼는 명문고다운 교훈이다. 하지만 학생들에게는 지옥 학교나 다름없다. 행사를 마치고 기숙사로 돌아온 학생들이 교훈을 비틀어 '익살, 공포, 타락, 배설'이라고 하며 낄낄댄다. 숨 막히는 생활을 그런 식으로라도 풀지 않으면 견디기 어려우리란 걸 충분히 짐작할 수 있다.

그런 학교에 웰튼 졸업생이라는 존 키팅(로빈 윌리엄스)이 영어 교사로 부임한다. 첫 시간에 들어온 키팅은 휘파람을 불며 교실을 한 바퀴 돌고는 그냥 나간다. 학생들이 어리둥절한 표정으로 앉아 있자, 뒤로 돌아서더니 모두 밖으로 나오라고 말한다. 복도에서 키팅이 학생들에게 질문을 던진다.

"오 캡틴, 마이 캡틴!"

이 말이 누구 시에 나오는 구절인지 아느냐고 묻지만 아무도 대답을 못 한다. 링컨을 찬양하는 월트 휘트먼(1819~1892)의 시 구절이라는 설명과 함께 자신을 키팅 선생님이라 불러도 좋고 '오 캡틴 마이 캡틴'이라 불러도 된다고 말한다.

그런 다음 핏츠라는 학생에게 찬송가 542페이지를 펼쳐 거기 적힌 시의 첫 구절을 읽으라고 한다. 시의 제목이 자막에는 「시간을 버는 천사에게」라고 나오는데, 원제는 'To the Virgins, to Make Much of Time'이며, 17세기 영국에서 활동한 로버트 헤릭(1591~1674)의 작품이다.

시간이 있을 때 장미 봉우리를 거두라.
시간은 흘러, 오늘 핀 꽃이 내일이면 질 것이다.

학생이 시를 읽자 키팅은 라틴어 '카르페 디엠'이라는 말과 통하는 구절이라는 설명을 하는데, 영화 내내 현재를 즐기라는 뜻의 카르페 디엠이 학생들 입에서 튀어나오곤 한다. 학생 시절은 미래를 위해 준비하는 시간이기도 하지만 동시에 학생 시절 그 자체가 지닌 소중함을 잊지 말라는 얘기겠다. 미래를 위해 유보한 시간은 결국 잃어버린 시간이 되고 말 가능성이 높다. 찬란했던 꽃이 내일이면 지고 말 것이므로. 그러니 오늘을 충분히 즐겨라!

키팅 선생의 수업은 다음 시간에 더욱 기이한 형태로 진행된다. 문학박사인 에반스 프리차드가 쓴 책이 교재인데, 먼저 거기 나오는 '시의 이해' 단원을 학생에게 읽힌다. 시를 완전히 이해하기 위해서는 운율, 음조, 비유를 알아야 하며, 시를 읽을 때 예술적 표현의 완성도와 중요도를 파악해야 하고, 둘 다 높아야 위대한 작품이라는 내용이 적혀 있다. 시를 평가하는 기준을 제시한 부분이다. 교사라면 당연히 교재에 나오는 내용을 이해하기 쉽게 설명해 주어야 한다. 하지만 학생이 읽기를 마치자 키팅은 학생들이 전혀 상상할 수 없었던 말을 던진다.

"쓰레기! 그게 에반스 프리차드에 대한 나의 견해다."

그런 다음 자신이 그렇게 생각하는 이유를 설명한다. 시는 재거나 평가할 수 있는 게 아니며, 가령 바이런의 시는 42점짜리라 안 좋아한다고 할 수 있겠느냐는 거다. 거기서 그치는 게 아니라 황당한 지시를 내린다.

"자, 이제 그 장을 찢어 버려라. 어서, 몽땅 찢어 버려!"

당황해서 망설이는 학생들에게 키팅은 소리를 쳐 가며 계속 찢어 버릴 것을 요구한다. 찢은 종이를 담을 휴지통까지 들고 와서 이렇게 말한다.

"이건 전투요 전쟁이다. 지면 마음과 영혼이 다친다. 이제 여러분은 생각하는 법을 다시 배우게 될 거야. 말과 언어의 맛을 배우게 될 거야. 말과 생각은 세상을 바꿔 놓을 수 있다."

이어서 비밀을 얘기해 주겠다며 학생들에게 가까이 모이라고 한 다음 낮은 목소리로 이렇게 말한다.

시가 아름다워서 읽고 쓰는 것이 아니다. 인류의 일원이기 때문에 시를 읽고 쓰는 것이다. 인류는 열정으로 가득 차 있어. 의학, 법률, 경제, 기술 따위는 삶을 유지하는 데 필요해. 하지만 시와 미, 낭만, 사랑은 삶의 목적인 거야.

휘트먼의 시를 인용하자면, '오, 나여! 오, 생명이여! 수없이 던지는 이 의문 / 믿음 없는 자들로 이어지는, 바보들로 넘쳐 흐르는 도시 / 아름다움을 어디에서 찾을까? 오, 나여! 오, 생명이여! / 대답은 한 가지: 네가 거기에 있다는 것─생명과 존재가 있다는 것 / 화려한 연극이 계속되고, 네가 시 한 편에 기여할 수 있다는 것.' 여러분의 시는 어떤 것이 될까?

이런 수업이 가능할까? 교과서 없이 수업한다는 교사가 있다는 얘기는 들어 봤지만 눈앞에서 교과서를 찢어 버리라고 한 교사가 있다는 얘기는 들어 보지 못했다. 교과서는 대개 정확하고 올바르다고 합의된 것들만 싣는다. 오류가 있어서는 안 된다. 하지만 세상과 삶이 어디 그렇게만 구성되어 있는가? 그래서 '교과서적'이라는 말은 너무나 뻔하고 구태의연한, 유연성이 없는 태도나 상황을 가리키는 말로 쓰이곤 한다. 현실과 동떨어져 있다는 말이다. 그러니 교과서를 찢어 버려라!

에반스 프리차드의 교재에서 시를 설명하는 내용은 시에 대해 극히 일부분만을 이야기하고 있을 뿐이다. 운율, 음조, 비유 같은 게 시의 기본 요소라고 하지만 그런 것들을 무시한 시도 얼마든지 있다. 표현의 완성도나 중요도를 누가 일률적으로 평가할 수 있단 말인가? 에반스 프리차드는 바이런을 낮게 평가하고 셰익스피어를 높게 평가했다. 프리차드가 그렇게 말했으니 학생들은 그런 견해를 무조건 따라야 하는 건가?

키팅이 교재를 찢어 버리라고 한 건, 자신의 느낌이나 판단보다 전문가의 평가를 생각 없이 따라가는 수동성을 거부하라는 요구라고 하겠다. 특히 시와 같은 예술 장르는 더욱 그렇다. 시에는 원론(原論)이 있을 수 없으며, 교과서 안보다 교과서 바깥에 있는 시들이 수십만 배는 더 많다. 그러니 시는 이런 거라고 단순화해서 정의할 수 없는 노릇이고, 그런 시도는 실패하기 마련이다.

그래도 교과서는 필요한 게 아닌가, 하는 질문을 던질 수도 있다. 하지만 교과서는 결코 정전이 될 수 없으며, 수업을 위한 참고용 도서일 뿐이라는 견해에도 귀를 기울일 필요가 있다. 그렇지 않다면 주기적으로 교과서를 새로 개정해서 편찬할 이유가 없다. 더구나 요즘은 교과서를 재구성해서 가르치라는 말도 많이 나온다.

키팅의 독특한 수업은 계속 이어진다. 수업 중에 교탁 위에 올라서는 장면은 너무 유명하며, 마지막 결말과도 이어진다. 교탁 위에 올라선 키팅은 학생들을 내려다보며 말한다.

이 위에 선 이유는 사물을 다른 각도에서 보려는 거야. 이 위에서 보면 세상이 무척 다르게 보이지. 어떤 사실을 안다고 생각할 땐 그것을 다른 시각에서 봐라. 틀리고 바보 같을지라도 시도를 해 봐야 해. 책을 읽을 때 저자의 생각만 말고 너희들의 생각도 고려해 보도록 해. 과감하게 부딪쳐 새로운 세계를 찾아라.

키팅이 말한 대로 시를 쓴다는 건 사물이나 세상을 다른 시각으로 보는 것으로부터 출발해야 한다. 틀리고 실패해 보는 것, 그게 없다면 언제나 남이 해 놓은 것만 따라가게 된다. 그래서는 새로움을 창조할 수 없다. 시는 어쩌면 실패의 누적이 쌓여서 이루어진 것일지도 모른다. 아니 실패하는 과정 그 자체가 시일 수도 있겠다. 완전을 향해 가지만 완전에는 끝내 도달하지 못하는 운명이 시를 밀고 가는 힘일 수도 있지 않을까?

키팅은 자주 교실 밖으로 학생들을 데리고 나가서 수업을 한다. 함께 걷기를 시킨 다음, 남들 걷기에 맞추지 말고 자기만의 걸음을 걸어 보도록 하는 것도 같은 맥락이다.

키팅은 이렇게 말한다. "전통에 도전하라." 전통을 따라가는 건 안전한 길이다. 거기서 벗어나려고 하면? 주변의 몰이해와 비난이 쏟아질 것이고, 그에 따른 시련과 고난의 시간이 찾아들기 마련이다.

키팅을 따르던 학생들은 과거에 키팅이 친구들과 만들었던 '죽은 시인의 사회'라는 클럽을 재건해서 활동하고, 그로 인해 학교로부터 문제 집단으로 찍힌다. 배후로 몰린 키팅은 결국 학교를 떠나게 된다. 키팅 대신 교장이 들어와서 수업을 하고, 짐을 찾으러 온 키팅이 마지막으로 교실을 떠나는 순간 학생들이 한 명 한 명 자신의 책상 위로 올라서며 외친다.

"오 캡틴, 마이 캡틴!"

영화관에서 그 장면을 보는 순간 나도 모르게 왈칵 눈물이 쏟아졌다. 영화는 1989년에 만들어졌고, 한국에서는 다음 해에 상영됐다. 나는 1989년에 결성한 전교조에 가입했다는 이유로 해직당한 상태였다. 눈물이 안 나오면 그게 더 이상한 일이었으리라. 전교조 결성은 체제 옹호와 권위적이고 일방적인 기존의 교육과 결별하겠다는 교사들의 선언이나 마찬가지였다. 그로 인해 천오백 명의 교사들이 교단에서 쫓겨났다는 건 다 아는 얘기다.

영화 속에서 연극을 하고 싶어 하던 닐 페리가 명문대에 진

Oh, Captain.
My Captain!

학해 의사가 되기를 원하는 아버지의 완강한 반대에 부딪혀 절망한 끝에 자살하는 사건이 나온다. 그 무렵 한국에서는 '성적은 행복순이 아니잖아요'라는 내용의 유서를 남기고 자살한 여중생의 죽음이 있었다. 그 둘의 죽음은 교육이라는 이름으로 자행된 폭력의 결과물이었다.

시 수업을 하며 키팅은 학생들에게 자작시를 쓰라는 과제를 내 준다. 자신이 직접 해 보는 것만큼 확실한 교육은 없다. 아무리 시 이론을 잘 가르쳐도 그건 죽은 지식에 지나지 않을 수 있다. 영화 속 키팅의 수업 방식은 너무 파격적이어서 그대로 따라 하기는 힘들다. 다만 나는 복직 후에 국어 수업을 하면서 시 단원이 나오면 학생들에게 꼭 시를 쓰도록 했다. 그런 다음 시화를 만들어 교정에 내걸기도 했다. 창작이 빠진 시 수업은 반쪽짜리 시 수업이라고 지금도 생각한다.

영화에서는 휘트먼에 대한 이야기가 많이 나온다. 각본을 쓴 사람이 휘트먼을 좋아했던 모양이다. 대표 시집 『풀잎』으로 유명한 휘트먼은 기존의 전통적인 시 형식을 거부하고 자신만의 운율과 언어를 창조한 시인으로 알려져 있으며, 그래서 미국 자유시의 선구자로 불리기도 한다. 그건 어쩌면 휘트먼이 어려운 가정 사정으로 열한 살에 학업을 끝내고 독학으로 시를 배웠기 때문일 수도 있다. 그랬기에 시는 이렇게 써야 한다는 고정관념에서 벗어날 수 있었던 게 아닌가 싶다. 휘트먼은 학교와 교과서 바깥에서 진짜 시를 배운 셈이다.

"전통을 거부하라." 예술의 생명력이 독창성에 있다고 할 때, 자신만의 언어를 갖길 원하는 시인이라면 누구나 가슴에 새겨야 할 말이다. 시는 자유를 추구하며 인간의 삶 또한 마찬가지다. 키팅이 학창 시절에 사용했던 문학 교과서에는 헨리 데이비드 소로(1817~1862)의 아래 시가 적혀 있었다.

> 나는 자유롭게 살기 위해 숲속으로 갔다.
> 깊이 파묻혀 삶의 정수를 빨아들이며 살고 싶었다.
> 삶이 아닌 것을 모두 떨치고
> 삶이 다했을 때, 삶에 대해 후회하지 마라.

키팅은 소로의 시에 나오는 것처럼 '자유롭게' 그리고 '삶이 아닌 것을 모두 떨치'며 살고자 했고, 학생들에게도 그런 삶을 가르쳤다. 그래서 비록 쫓겨나는 처지가 되고 말았지만 그가 남기고 간 가르침은 제자들의 가슴속에 지워지지 않는 기억과 그리움으로 새겨졌으리라.

서로 다른

희망 사이의 간극

 우리가 사랑이라고 믿는 것
윌리엄 니콜슨, 2019

외국 영화 중에는 원제를 바꿔서 개봉하는 경우가 꽤 있다. 대표적인 작품이 〈사랑과 영혼〉으로, 원제는 'Ghost'였다. 이걸 '고스트' 혹은 '유령'이라는 제목으로 개봉했으면 어떤 결과가 나왔을까? 최근에 개봉한 영화 〈우리가 사랑이라고 믿는 것〉의 원제는 'Hope Gap'이다. 직역하면 '희망의 틈'이나 '희망의 간극' 정도가 될 텐데, 제목을 그대로 가져왔다면 문구가 너무 추상적이어서 관객들에게 친근하게 다가가기 어렵지 않았을까 싶다. 영화의 내용은 그동안 사랑이라고 믿어 왔던 게 실은 허상에 불과했다는 사실을 깨닫는 과정과 이후에 상처를 극복하고 희망을 찾아 가는 과정을 담고 있다.

영화가 주요 배경으로 삼고 있는 곳은 '호프 갭'이라고 이름이 붙은 영국의 해안가 절벽이다. 깎아지른 듯한 하얀 절벽과 그 너머 수평으로 펼쳐진 푸른 바다가 대조를 이루며 영화의 주제를 함축해서 보여 준다. 수직으로 된 하얀 절벽과 그 앞의 바다가 보여 주는 풍경은 무척 아름답지만 한편으론 불안

한 구도로 다가오기도 한다. 그런 배경과 함께 등장인물들의 입에서 나오는 대사 하나하나가 모두 주제와 긴밀한 연결을 맺고 있을 만큼 구성이 탄탄하다.

첫 장면은 제이미가 어린 시절 바닷가에서 놀던 때를 회상하며 "난 엄마가 무슨 생각을 하는지 한 번도 궁금해 하지 않았다. 엄마가 행복한지도⋯. 다들 그렇지 않나?"라고 말하는 내레이션으로 시작한다. 결혼하고 29년을 함께 살아온 그레이스(아네트 베닝)와 에드워드(빌 나이), 그리고 분가해서 살고 있는 아들 제이미(조쉬 오코너)는 서로의 마음을 헤아리는 데 서툴다. 특히 가장 긴밀해야 할 부부 사이에 제대로 된 소통이 이루어지지 않는다. 소통의 실패는 파국으로 이어지기 마련이다. 하지만 어긋난 결혼 생활을 끝내고 새로운 사랑을 찾아 떠날 준비를 하고 있던 에드워드와 달리 그레이스는 한 번도 불행한 결말을 상상해 본 적이 없다.

다양한 주제의 시들을 모아 시선집 엮는 일을 하는 그레이스는 활달하고 적극적인 성격이다. 반면 고등학교 역사 교사인 에드워드는 소심하고 소극적인 성격이라 자신의 의사를 정확하게 상대에게 전달하지 못한다. 모든 것을 아내가 하자는 대로, 시키는 대로 맞춰 주지만 아내는 말수가 적은 데다 감정 표현을 제대로 하지 않는 남편이 불만스럽다. 그토록 오랜 세월을 어떻게 부부로 살아왔을까 싶을 정도로 둘 사이에는 거대한 장벽이 버티고 있다. 모처럼 아들 제이미가 집에 다니러 온 날 저녁에 둘은 말다툼을 한다. 이런 식이다.

"나는 말을 하는데 당신은 왜 말을 안 해?"

"무슨 말을 하라는 거야?"

"아무 말이나, 머릿속에 있는 거."

"모스크바 후퇴 때의 증언에 요즘 흥미가 생겼어."

"그건 대화가 아니라 위키피디아 읽는 거지. 우리에 대해서 얘기하자고."

무슨 말을 해야 할지 모르겠다는 표정으로 남편이 말문을 닫자 아내가 다시 말을 시작한다. 하지만 여전히 둘의 대화는 겉돌고, 남편은 아내를 향해 "당신은 나한테 없는 걸 바라는 것 같아", "그냥 내가 항상 틀린 것 같아"라고 말하며 대화를 끊고 자기 방으로 들어가려 한다. 화가 난 아내는 급기야 남편의 뺨을 때리고 식탁을 엎어 버린다. 자기주장이 강한 아내에게 남편은 오래도록 주눅이 든 상태로 살아왔음을 알 수 있다.

그렇게 보면 남편을 몰아치기만 하는 아내에게 문제가 있는 것 같지만 남편도 심각한 문제를 안고 있다. 아내의 마음을 헤아릴 줄 모르고 눈치가 없으며 갈등이 생겼을 때 회피로만 일관한다. 남편이 퇴근하고 돌아왔을 때 아내가 좋은 하루를 보냈냐고 하자 평소랑 똑같았다는 대답을 한다. 그 후에 남편이 자신에게도 같은 말을 해 주길 바랐으나 남편은 그런 정도의 눈치도 없어서 아내가 스스로 자신에게 "당신은 어땠어, 그레이스?"라고 대신 말해 준다. 29주년 기념일에 식사를 하면 어떻겠냐는 제안에도 남편은 당신이 원한다면 그렇게 하자고 한다. '당신이 원한다면'이라는 비주체적인 말이 아니라 남편 본인의 생각과 판단을 듣고 싶어 하는 아내로서는 짜증이 날 수밖에 없는 상황이다.

영화에는 여러 편의 시가 나온다. 초반부에 아내 그레이스가 호프 갭 언덕에서 패러글라이딩을 준비하던 남자를 향해 "'즐거움에 대한 고독한 충동'이었다. 그렇죠, 개리?"라고 말을 건넨다. 그런 다음 남자가 하늘로 도약하기 시작하자 그레이스의 목소리로 윌리엄 버틀러 예이츠(1865~1939)의 「아일랜드 비행사가 자신의 죽음을 예견하다(An Irish Airman Foresees His Death)」라는 시가 흘러나온다.

법이나 의무가 나를 싸우도록 명하지도 않았고
어느 공인이나 환호하는 군중도 그러지 않았다.
즐거움에 대한 고독한 충동이

구름 속의 이런 난장판으로 몰고 왔다.

나는 모든 걸 균형 잡아 보고 모든 걸 염두에 두었다.
다가오는 세월은 호흡의 낭비 같았고
지나간 세월도 호흡의 낭비 같았다.
이러한 삶, 이러한 죽음과 균형을 맞추어 보면.

개리라는 남자가 하늘을 나는 모습을 보고 비행사를 등장
시킨 예이츠의 시를 떠올렸을 것이다. 하지만 단순히 그런 유
사성만으로 이 시를 영화 속에 삽입하지 않았으리란 것 또한
명백하다. 다가오는 세월과 지나간 세월을 '호흡의 낭비'라고
표현한 구절과 제목에 있는 죽음을 예견한다는 말이 조만간
그레이스에게 닥쳐올 처지를 암시하는 것으로 읽힌다.

그레이스에게 있어 결혼 생활의 파국은 자신의 전 인생을
부정하는 것으로 죽음이나 다를 바 없다. 에드워드가 자신에
게 새로운 여자가 생겼다며 결별을 선언하고 짐을 싸서 떠난
뒤 그레이스는 그런 사실을 도저히 받아들일 수 없다며 분노
와 절망에 빠져 거의 폐인 상태로 자신을 몰아 간다.

앞의 시는 2차대전 당시 연합군 공군기가 독일 지역을 폭
격하고 돌아오는 내용을 다룬 영화 〈멤피스 벨〉(마이클 카튼

존스, 1990)에도 나온다. 이 영화에서는 출격을 앞둔 상태에서 대니라는 아일랜드 출신 병사가 예이츠의 시를 읊는다.

저 구름 사이 어디에선가
나는 나의 운명을 만날 것이다.
난 적군들을 증오하지 않고
신을 사랑하지 않는다.

그저 법과 의무를 따를 뿐
환호하는 대중에 호응할 뿐
구름 사이를 거니는 이 기간에
새로운 의식이 날 자극했다.
전쟁을 치르는 앞으로의 나날들은
호흡의 낭비이고
느낌의 낭비이다.
이 인생의 균형은 바로 죽음이다.

같은 시지만 인용하는 부분의 차이, 번역의 차이에 따라 다른 느낌을 준다. 〈우리가 사랑이라고 믿는 것〉에 나온 자막보다 간결하고 깔끔해 보이긴 하지만, 의미를 정확히 살린 번역이라 보기는 어렵고, 시의 전문을 인용한 것도 아니다. 가령 '신을 사랑하지 않는다'라고 번역한 부분의 원문은 'Those that I guard I do not love'이며, '내가 지키는 것들을 사랑하지 않는다' 정도가 되어야 한다.

자막만 가지고는 시가 전달하고자 하는 원래의 맛을 충분히 느낄 수 없으며, 삽입한 시가 영화 안에서 어떤 역할을 하고 있는가를 파악할 수 있으면 충분하다. 인상 깊어서 제대로 음미하고 싶으면 원시를 찾아서 읽어 보면 된다.

예이츠는 아일랜드 출신이고, 그 당시 아일랜드는 영국의 식민지였다. 당연히 영국에 맞서 아일랜드 독립을 위해 싸우는 사람들이 있었고, 예이츠 자신은 직접 독립운동에 가담하지 않았지만 자신의 조국 아일랜드에 기반한 민족 정서를 녹여낸 시편을 많이 썼다.

영화에 나오는 시는 예이츠의 친구이자 1차대전 당시 영국 공군의 비행사로 출전했던 그레고리 소령을 생각하며 쓴 작품이다. 그레고리 소령은 비록 영국 군인의 신분으로 전쟁에 나섰지만 자신은 아일랜드 사람이기에 적국인 독일을 미워할 수 없으며 그렇다고 영국을 사랑할 수도 없는 처지였다. 그런 점을 생각하면 시에 나오는 구절들에 쉽게 공감할 수 있을 것이다.

시의 대상이 된 그레고리 소령은 임무를 마치고 돌아오던 중 격추당해 사망했다. 전쟁에 참여한 건 인생의 낭비일 뿐이며, 죽음만이 그런 낭비를 끝낼 수 있다는 시 속 화자의 목소리를 따라가다 보면 식민지 시절에 일본군으로 참여해야 했던 조선인 병사들이 저절로 겹쳐지기도 한다.

두 번째로 나오는 시는 단테 가브리엘 로세티(1828~1882)의 「섬광(Sudden Light)」이라는 작품이다.

여기 와 본 적이 있다.
언제, 어떻게인지 모르지만

문 뒤편에 있는 풀밭을 안다.
달콤한 향기
탄식의 소리
해안 주변의 불빛

당신은 내 것이었다.
얼마나 오래전인지 모르지만

제비가 비상하는 바로 그때

당신은 그렇게 고개를 돌렸고
장막이 내려졌지.

난 오래전 모든 걸 알았어.
전에도 이런 모습이었던가?

시간의 소용돌이에 도망치지 않으리.
우리의 삶과 사랑은 부활하니까.
죽음 속에서도.

그런 낮과 밤이 다시 한 번
기쁨을 내어 주려나?

로세티는 19세기에 살았던 영국 시인이지만 이름에서 알
수 있는 것처럼 이탈리아 사람인 아버지가 영국으로 망명한
다음 런던에서 태어났다. 이름에 '단테'가 들어간 건 아버지
가 단테를 존경했기 때문이다. 「섬광」은 일찍 죽은 자신의 아
내를 생각하며 쓴 시로 알려져 있다.

그레이스는 시선집을 편집하며 로세티의 시 첫 구절 '여기
와 본 적이 있다(I have been here before)'를 표제로 삼고 싶어

한다. 그러면서 남편에게 제목을 불러 주지만 남편은 다른 말을 꺼내며 화제를 바꾼다. 남편이 떠나고 난 뒤 방황하던 아내는 중단했던 시선집 작업을 다시 시작하며 이번에는 아들에게 의견을 구한다. 아들은 어머니의 말에 호응해 준다.

"제목은 뭐로 붙일 거예요?"

"'여기 와 본 적이 있다'라고 할까 해. 나보다 먼저 이런 감정을 겪은 이들이 있다는 의미지. 이유는 모르겠지만 그게 위안이 되거든."

"그들이 살아남아서요?"

"누군가는 그렇고 누군가는 아니지."

그러면서 아들에게 로세티의 시를 아느냐고 물은 다음 모른다고 하자 천천히 시를 읊어 준다. 하지만 시에 나오는 것처럼 삶과 사랑이 부활하는 일은 일어나지 않는다. 그레이스가 남편을 만나러 갔다가 남편의 연인 안젤라로부터, 불행한 사람 세 명이 있었는데 지금은 한 명만 남은 것 같다는 말을 듣는다. 그러면서 이미 너무 멀리 와 버렸다는 걸 깨닫고 남편을 놔줄 수밖에 없다는 사실을 인정한다.

영화는 아내와 남편 사이의 갈등을 기본 축으로 삼고 있긴 하지만 아들인 제이미가 느끼는 혼란한 감정을 들여다보는 데도 많은 분량을 할애한다. 제이미는 아버지의 성격을 꽤 많이 닮았다. 집에 들어서기 전 어머니에게 할 인사말을 미리 연습해 보는가 하면 자신의 연애 문제도 매끄럽게 풀어 가지 못한다. 어머니 그레이스가 제이미에게 신앙의 중요성을 강조하며 미사에 참여할 것을 강권하지만 제이미는 신의 존재에 대해서도 회의적이다.

부모의 불화가 파경으로 이어지는 동안 제이미가 할 수 있는 건 없다. 부부에게도 분명 좋았던 시간이 있었고, 부부가 아들을 가운데 놓고 양팔을 하나씩 잡아서 들어 올리며 호프 갭을 향해 가던 어린 시절의 추억은 제이미에게도 각별하게 남아 있다. 친구들에게 그 이야기를 하던 제이미는 눈물을 흘리고 만다. 감독 자신이 어릴 적에 부모의 이혼으로 상처를 받은 경험이 있었기에 그런 기억을 바탕으로 시나리오를 만들었다고 한다.

제이미는 주말마다 어머니를 찾아가 돌본다. 혹시라도 어머니가 극단적인 선택을 할까 봐 걱정이 되어 절대 딴마음을 먹지 못하도록 하는가 하면 어머니가 다시 시선집 작업하는 일을 돕는다. 어머니로부터 작업 방향에 대한 이야기를 들은 다음 제이미는 시를 모아 책으로 내는 대신 웹사이트를 만들어 볼 것을 권한다. 그런 다음 바로 친구들의 도움을 받아 가며 특정 주제어를 입력하면 그에 맞춤한 시를 찾아 보여 주는 웹사이트를 만들기 시작한다. 가령 '희망'이라는 낱말을 입력하면 아서 휴 클러프(1819~1861)의 시 「투쟁해 봤자 허사라고 말하지 말라(Say Not the Struggle Naught Availeth)」가 뜨도록 하는 식이다.

시가 화면에 나오자 제이미는 친구들에게 어머니가 가장 좋아하는 시라고 알려 준다. 이어서 그레이스의 목소리로 시가 흘러나온다.

투쟁해 봤자 허사라고 말하지 말라.
노동과 상처가 헛되며
적이 약해지거나 사라지지 않으며
조금도 달라진 것이 없다고.

지친 파도가 헛되이 부서지며
이곳에선 한 치도 나아가지 못 하는 듯하나
저 뒤쪽에선 작은 개울과 만을 이루며
조용히 밀려오고 있지 않은가?

햇살이 들어올 때 동쪽 창으로만 오지 않으니
앞에서 본 태양은 천천히 솟아오른다.

얼마나 느린가.

하지만 서쪽을 보라, 밝게 빛나는 대지를.

이 시는 영국에서 차티스트운동이 실패의 길로 들어서기 시작할 무렵에 끝까지 포기하지 말고 전진할 것을 주문하기 위해 쓰였다. 차티스트운동은 노동자들에게 참정권을 보장할 것을 요구하며 시작됐다. 처음에는 청원서 보내기 등의 온건한 방식을 채택했으나 요구가 받아들여지지 않으면서 1848년에는 무장봉기까지 일으켰다. 영국에서 일어난 최초의 노동계급 투쟁인 셈인데, 당시에는 무력으로 진압당하고 말았지만 훗날 노동자들에게도 참정권을 부여하는 계기가되었다.

어려움 앞에서 결코 비관하지 말 것을 강조하는 내용을 담은 이 시는 2차대전 때 전세가 불리해지자 처칠 총리가 영국인들에게 실의에 빠지지 말고 용기를 내라며 라디오 방송에서 낭독함으로써 유명해졌다.

그레이스가 자신의 일을 다시 시작하며 홀로서기를 시작함과 동시에 제이미도 부모로부터 독립해 자신만의 길을 찾아가고자 한다. 마지막은 제이미의 그런 다짐을 내레이션으로 풀어놓으며 마무리한다. 아버지와 어머니에 대한 존경과 사랑을 담은 말 뒤에 이어지는 내레이션의 끝 부분은 이렇다.

> 당신들이 견뎌 내면 저도 견뎌 낼 겁니다. 제 손을 잡고 마지막으로 함께 그 길을 걸어요. 그리고 절 놓아주세요.

세 사람은 서로 상대에게 원하는 바가 달랐다. 각자가 바라는 희망의 내용들 사이에 있는 간극을 메꾸고 싶어 하는 건 당연하다. 문제는 함께 그런 노력을 기울이며 변해 가야 가능한데 그게 안 될 경우 영화처럼 파국으로 이어지기 쉽다는 점이다. 상대를 변화시키려 하기보다는 있는 그대로 인정하는 게 필요하지만 그 또한 쉬운 일이 아니다.

에드워드의 아버지는 내성적이라 어릴 적에 아들을 안아 준 적이 없다고 한다. 아버지 품에 안겨 보고 싶은 갈망을 채우지 못했던 에드워드는 결국 자신도 아버지와 비슷한 성향으로 자란다. 영화 중반에 에드워드가 아들에게 아내를 만났을 때의 이야기를 들려준다. 기차역에서 다른 사람을 돌아가신 아버지로 착각한 다음 기차 칸에 올라 눈물을 흘리고 있을 때 앞에 앉은 여자가 시를 낭독하며 위로해 주었는데, 그게 부부의 연을 맺게 된 계기였다고 한다.

날 위해 거기 머물러 주오.

그 텅 빈 골짜기에서 그대를 만나고 말 것이니

내가 늦는다는 생각은 마오.

난 이미 가는 중이니.

영국 시인 헨리 킹(1592~1669)이 죽은 아내를 위해 쓴 조시(弔詩)인 「장례(An Exequy)」의 한 대목이다. 에드워드는 아들에게 이렇게 말한다.

"중요한 건 내가 처음부터 네 엄마를 잘못 생각했단 거야. 네 엄마도 날 잘못 생각했고. 우린 서로 비슷한 줄 알았는데 아니었던 거야. 그걸 몰라서 네 엄마가 원하는 대로 하려고 최선을 다했지. 내가 나를 몰랐던 거야. 안젤라의 손이 내 팔에 닿았을 때 그걸 알았다. 그녀의 손길 말이야. 그녀는 있는 그대로의 나를 봐. 요구도 없고 기대도 없지. 사랑뿐이야. 오래전에 난 기차를 잘못 탄 거야."

기차를 잘못 탔으면 내리는 수밖에 없다. 너무 늦긴 했지만 그래도 그게 최선이다. 서로 상처를 남기긴 했지만 그건 각자 노력하며 극복해 가야 할 일이다. 기형도 시인이 「사랑을 잃고 나는 쓰네」라는 시에서 '가엾은 내 사랑 빈집에 갇혔네'라고 했는데, 홀로 남은 집에서 남편 에드워드의 흔적을 더듬던 그레이스의 심정이 꼭 그렇지 않았을까 싶다. 하지만 기형도가 사랑의 상실로 구멍 난 상처를 시 쓰기로 메꿨듯이 그레이스는 시선집을 묶는 작업으로 대신할 수 있었다.

희망의 간극은 간극대로 인정하면서 놔두고 자신의 길을 가는 것, 그럴 때 끝내 삶을 포기하지 않을 수 있는 새로운 희망을 발견하게 되지 않을까?

두 명의

위대한 딜런

위험한 아이들 | 인터스텔라
존 스미스, 1995 | 크리스토퍼 놀란, 2014

교실에서 시를 가르치는 교사가 나오는 영화라면 누구든 〈죽은 시인의 사회〉부터 떠올리지 싶다. 워낙 유명한 영화인지라 이상할 것도 없는 일이다. 그 옆에 나는 〈위험한 아이들(Dangerous Minds)〉이라는 제목의 영화 한 편을 살짝 가져다 놓고 싶다.

두 영화는 열정적인 교사가 시 수업을 통해 학생들을 변화시킨다는 공통점이 있지만, 나머지는 정반대라 할 만큼 차이가 있다. 우선 〈죽은 시인의 사회〉는 아이비리그 진학이 목표인 명문 고등학교가 배경인 데 반해 〈위험한 아이들〉은 미국 캘리포니아 북부 빈민가의 학생들이 다니는 학교를 배경으로 삼고 있다. 남교사와 여교사라는 차이 외에 학교를 떠나는 교사와 학교에 남는 교사로 대비되는 결말 처리 방식도 다르다.

해병대 근무를 그만둔 루앤 존슨(미셸 파이퍼)은 친구 그리피스(조지 던자)의 소개를 통해 고등학교 영어 교사로 취직하게 된다. 루앤이 맡게 된 건 특수학급인데, 특수학급에 대한 아무런 사전 지식이 없는 루앤에게 교감은 열정적이고 도전적인 학생들이 모여 있는 반이라고 설명한다. 하지만 흥분과 기대감을 안고 교실에 들어간 루앤을 맞이한 교실의 풍경은 흔히 말하는 난장판 그 자체였다.

교사가 들어오자 책상 위로 올라가 교사를 조롱하는 랩을 날리는 학생, 여교사에게 성적으로 무례한 언사를 늘어놓는 남학생까지 특수해도 너무 '특수한' 학생들. 어찌할 바를 모르고 당황하던 루앤은 교실에서 뛰쳐나오고 만다. 그제야 왜 전임 교사들이 줄줄이 그만두었고, 자신이 면접을 보자마자 다음날부터 바로 출근할 수 있었는지 깨닫게 된다. 어떻게 할까? 고민하던 루앤은 부딪쳐 보기로 한다.

해병대에서 배운 가라테로 학생들의 관심을 끌어 가며 조금씩 수업을 진행해 보려 하지만 동사가 뭔지도 모르는 학생들이 대다수인 교실에서 제대로 된 영어 수업을 하는 건 당연히 쉽지 않다. 그러다가 학생들이 평상시 대화도 랩처럼 하는 걸 보고 시를 가르쳐야겠다고 생각한다. 가능한 일일까? 의문이 앞서면 실행하기 힘들다.

도움을 청하기 위해 동료 그리피스에게 좋아하는 시인이 누구냐고 묻자 '딜런'이라는 답이 돌아왔다. 딜런은 모두가 좋아하는 시인이 아닌 데다 시가 장황하다고 하자 그리피스는 의외라는 반응을 보였다. 루앤이 떠올린 건 영국 시인 딜런 토머스(1914~1953)였는데, 그리피스가 말한 건 미국 가수 밥 딜런(1941~현재)이었기 때문이다.

밥 딜런은 흔히 음유시인이라 불릴 만큼 시적인 가사를 쓰는 걸로 유명하다. 그런 밥 딜런이 2016년 노벨 문학상 수상자로 결정됐을 때 많은 이들이 놀랐다. 파격이라는 말도 많았지만 가사가 지닌 문학성으로 보았을 때 충분히 받을 만하다는 평가도 있었다. 노벨 문학상 위원회는 선정 이유로 밥 딜런이 위대한 미국 팝 문화의 전통 안에서 새로운 시적 표현을 창조해 냈기 때문이라고 했다. 그러면서 밥 딜런을 위대한 시인의 반열 위에 올려놓았다.

시보다 뛰어난 노랫말이 있다는 건 많은 이들이 인정하는 사실이긴 해도 시와 대중가요의 노랫말 사이에는 건너기 힘든 간극이 있다는 게 문학인들 사이에서 암묵적으로 공유해 오던 생각이었다. 하지만 그런 간극을 일거에 무효화시킨 게 밥 딜런의 노벨 문학상 수상 소식이었다. 모든 개념은 시대에 따라 달라지기 마련이고 그건 문학이나 시의 개념 역시 마찬가지라고 할 때, 어쩌면 진작 무너져야 할 경계선이었다고 할 수도 있다. 시는 이런 것이다 혹은 이런 것이어야 한다는 말 자체가 성립될 수 없음을 보여 주는 일이기도 했다.

교육과정 같은 것 역시 마찬가지 아닐까? 루앤이 근무하는 학교의 교장은 교과서 중심의 수업을 요구했다. 하지만 루앤은 교과서를 버리고 교육과정을 새로 짜기 시작했다. 고정된 틀을 벗어나지 못하는 한 교육도 시도 학생들에게는 요즘 말로 '노잼'에다 억압의 굴레에 지나지 않을 터였다.

루앤은 밥 딜런의 노랫말을 가르치기로 했다. 그렇다고 학생들이 순순히 따라와 줄 리 없다. 시를 읽으라고 하자 놀리지 말라는 말부터 튀어나온다. 그래도 루앤은 밀고 나간다. "시를 읽을 줄 알면 뭐든 읽을 줄 안다"는 말과 함께.

> 탬버린 연주자여
> 연주를 해 주오.
> 졸리지도 않고 난 갈 곳도 없어.
>
> 탬버린 연주자여
> 연주를 해 주오.
> 댕그랑대는 아침이면 널 따라가리라.

루앤의 지시에 따라 시를 읽은 다음 한 학생이 무슨 뜻이냐고 묻자 루앤은 무슨 뜻 같냐고 되묻는다. "잠이 안 와서 탬버린을 연주해 달라는 거 같네요"라는 대답에 이어 다른 학생이

"왜 하필 탬버린 소릴 듣죠? 라디오가 없나?"라고 한다.

그러자 루앤은 "좋은 지적이야. 좀 이상한 선택이지. '탬버린 연주자'가 암호라면 어때?"라고 하면서 학생들의 호기심을 자극한다. 이어지는 대화들을 보자.

"무슨 암호요?"

"마약 밀매자."

"그래요?"

"많은 사람들이 그렇게 생각해. 60년대엔 마약이라는 말을 노래에 못 써서 암호를 썼지."

"그럼 뜻이 뭐죠? '탬버린 연주자여, 연주를 해 주오'라는 거요."

루앤이 대답하려는 순간 다른 학생이 먼저 자신의 생각을 말한다.

"연주해 달라는 건 약을 달라는 거야."

"밤새 술과 약에 취해 있었단 거지."

"약 기운에 취해 있을 땐 괜찮지만 떨어지면 머리가 댕댕거리고…."

"코카인이나 그런 약이 필요한 거지."

일단 말문이 트이자 학생들은 스스럼없이 자기 생각을 말하기 시작한다. 일종의 토의 수업이 이루어지는 장면이다. 은

유니 상징이니 하는 용어를 빌리지 않고도 얼마든지 시를 이해하고 감상할 수 있음을 보여 주는 장면인 동시에, 지금껏 시 교육이 얼마나 본질을 벗어나 있었는지 알게 해 준다.

하지만 활발한 토의가 이어지는 가운데도 전혀 참여하지 않는 학생이 있고, 학급의 우두머리 역할을 하는 에밀리오는 여전히 뻐딱하다. 그래도 시 수업은 일회성으로 그치지 않고 계속 이어진다.

"'누군가 죽음이 온다 하여 스스로 묻히진 않으리.' 이것도 딜런의 시인데 여기도 숨은 뜻이 있을까, 없을까?"

루앤이 먼저 첫 구절을 읽고 학생들에게 질문한다. 그런데 이번에는 학생들에게서 아무런 반응이 나오지 않는다. 루앤이 이어서 다음 구절을 읽는다.

"'스스로 죽진 않으리. 내 묻힐 땐 고개를 똑바로 들리라.' 고개를 든다는 게 무슨 의미일까?"

여전히 학생들은 아무도 대답하지 않는다. 이유를 알아보니 전날 에밀리오와 친구들이 싸움을 했는데, 그 학생들에게 처벌이 내려진 것에 대한 불만 때문이었다. 그러면서 루앤 역시 마찬가지라며 재수 없다는 말까지 쏟아 낸다.

상황을 파악한 루앤은 그렇게 감정이 상한 학생들이 있다면 지금 교실에서 나가라고 한다. 너희들에겐 선택권이 있다며. 하지만 학생들은 지금까지 한 번도 자신들에게 선택권이 주어진 적이 없다고 말한다. 그러면서 루앤에게 이 동네에서 살지도 않고 학교 버스를 타본 적도 없지 않냐며, 당신은 아무것도 모른다고 힐난한다. 루앤은 물러서지 않는다.

"학교 버스에 타는 것도 선택이잖아. 너희 동네 사람 중 많은 학생들이 학교 버스를 안 타. 대신 뭘 하지? 마약을 팔고 사람을 죽여. 그들은 학교 버스에 타지 않기로 선택한 거라고. 너희처럼 버스를 타기로 선택한 자만이 '스스로 죽진 않으리. 내 묻힐 땐 고개를 똑바로 들리라'고 할 수 있어. 그게 바로 선택이야. 이 교실 안에는 피해자가 없어."

그래도 자신들에게 참견하지 말라며 대부분의 학생들이 거부 반응을 보이는데, 갑자기 에밀리오가 방금 읽었던 걸 다시 읽어 달라고 한다. 그 말에 루앤이 방금 전에 수업하던 방식으로 돌아간다.

"'누군가 죽음이 온다 하여 스스로 묻히진 않으리.' 이게 말 그대로의 의미일까?"

"그렇지는 않아요. 왜냐하면 누군가 죽음이 온다고 해서 스스로 묻히진 않아요. 대신 이미 죽은 몸이라면 묻히겠죠."

에밀리오의 말에 루앤은 모두 동의하냐고 묻는다.

"동의하긴 하지만 죽음을 돕지는 않겠단 의미 같아요. 죽음을 기다리는 게 아니라 죽더라도 끝까지 저항하기로 선택한 거죠."

이번에는 캘리의 말이다. 다른 학생들이 다들 동감한다고 하자 루앤은 그럴 거라며 다음 차례로 넘어간다.

"나머지는 어때? '내 묻힐 땐 고개를 똑바로 들리라'란 뭘까?"

그러자 한 학생이 "자존심 있게 죽겠단 거죠"라는 답을 내놓는다. 가장 심하게 반항아 역할을 하던 에밀리오 덕분에 문답식 수업을 이어 갈 수 있었다.

어느 정도 수업 분위기가 잡혀 가자 자신감을 얻은 루앤은 '딜런 딜런 콘테스트'를 하겠다며 우승자에게는 시내 최고의 레스토랑에 데려가겠다는 약속을 한다. '딜런 딜런 콘테스트'란 밥 딜런의 노래 가사에 나오는 구절과 가장 잘 통하는 딜런 토마스의 시를 찾아내는 일이다. 갑자기 도서실로 몰려든 학생들을 보며 사서가 놀라는 건 당연한 일. 학생들은 팀을 짜서 열심히 시집들을 뒤적거리고 서로 찾은 시를 비교해 가며 의논을 한다. 캘리가 찾은 시를 동료 팀원에게 읽어 준다.

순순히 평온한 어둠에 들지 마오.
노년은 마지막 순간에 노후해야 하는 것.
등불이 꺼짐에 노여워하라.

자막에 나온 대로 옮겼는데, 번역이 조악해서 원뜻을 제대로 파악하기 힘들다. 어쨌든 이 시를 발견함으로써 캘리가 속한 팀이 우승을 차지한다. 루앤은 우승 팀을 발표한 뒤 나머지 학생들도 모두 우승자라며 따로 상자에 준비한 선물을 나눠 준다. 의아해 하는 학생들에게 루앤이 하는 말.

"정답을 얻으려면 많은 연구를 해야 하니까."

수업이 진행될수록 학생들은 상품이 뭐냐는 것부터 묻기 시작한다. 하지만 언제까지나 그런 미끼로 학생들을 유혹해서 배움의 길로 이끌 수는 없다는 걸 루앤은 안다. 루앤은 이렇게 말한다.

"배움 자체가 상이야. 읽을 줄 알고 그걸 이해하는 게 상이다. 생각할 줄 아는 게 바로 상이야."

한 학생이 자신들도 생각은 할 줄 안다고 말하자 이렇게 덧붙인다.

"뛸 수는 있겠지만 연습을 한다면 더 잘 뛰지. 정신도 근육과 같이 강하게 하려면 연습을 해야 해. 알면 알수록 선택의 기회는 많아져. 새로운 근육을 만들어 내는 거야. 알겠어? 바로 그런 근육이야말로 너희를 강하게 한다. 그게 너희 무기야. 난 너희를 무장시키고 싶어."

"시가 그렇게 해 준단 말인가요?"

"그래."

정신의 근육이라는 말 곁에 감성의 근육이라는 말을 나란히 가져다 놓아도 되겠다. 교장이 루앤에게 학생들과 함께 놀이공원 간 걸 문제 삼으며 혹시 학생들이 시를 읽은 것에 대한 보상으로 한 일이냐고 물었을 때 그게 아니라 학생들에게는 시 자체가 보상이라고 대답했던 것도 비슷한 맥락으로 다가온다. 시가 가진 힘이 학생들을 변화시킬 수 있을 거라는 걸 루앤은 굳게 믿었다.

루앤이 맡은 반 학생들에게 필요한 건 관심과 애정이었다. 첫 시간에 보여준 버릇없고 난폭한 행동들도 새로 온 교사를 시험해 보려고 그랬던 거였다. 학생들의 시험을 통과한 루앤은 시 수업뿐만 아니라 학생들이 현실에서 겪고 있는 문제도 도와주고 싶지만 그건 시 수업보다 훨씬 어려운 일이다. 그런 한계로 인해 가장 똑똑한 캘리가 임신을 이유로 학교를 떠나는 걸 잡지 못하고, 에밀리오가 거리에서 총에 맞아 죽는 것 역시 막지 못했다. 더구나 꽉 막힌 학교 규정은 루앤에게 절망감을 안겨 주기에 부족하지 않을 만큼 요지부동이었다.

실패한 교사라는 자괴감에 사직을 결심한 루앤. 하지만 학생들은 루앤이 남아 주길 원하고, 임신 때문에 학교를 떠나기로 했던 캘리도 교실로 돌아온다. 결국 루앤은 학교에 남기로 한다. 현실에 그런 교사가 존재할 수 있을까 싶지만, 루앤 존슨의 자서전『내 패거리는 숙제 따위 안 해(*My Posse Don't Do Homework*)』를 원작으로 삼은 영화다.

본명이 로버트 앨런 짐머먼이었던 밥 딜런은 딜런 토마스의 시를 좋아해서 '딜런'을 가져다 예명으로 삼았다. 그랬던 밥 딜런은 노벨 문학상을 받았지만 정작 딜런 토마스에게는 그런 영예가 주어지지 않았다. 만 서른아홉이라는 너무 이른 나이에 죽어서 그랬을 것이다.

영국 웨일스 출신인 딜런 토마스는 스무 살에 첫 시집『18편의 시』를 펴내며 천재 시인의 탄생을 알렸다. 일찍 결혼해서 세 명의 자녀를 두었으나 생활은 무척 어려웠고, 그래선지 몰라도 늘 술을 끼고 살았다. 1950년대에 몇 차례 미국으로 건너가 강연과 낭독회를 가졌으나 네 번째 미국 여행 중 피로와 알코올 과다 섭취로 쓰러져 숨을 거두었다.

〈위험한 아이들〉에 나오는 딜런 토마스의 시를 만날 수 있는 영화로 〈인터스텔라〉가 있다. 국내에서도 천만 관객을 넘길 만큼 작품성과 흥행성을 함께 갖췄다는 평을 들은 SF 계열의 영화다. 급격한 환경 변화와 식량 위기로 인류가 멸망할 지경에 이르자 전직 우주선 조종사였던 쿠퍼(매튜 맥커너히)가 다른 은하계로 가는 탈출구를 찾는 역할을 맡게 된다. 우주선을 타고 우주로 향하는 쿠퍼는 과연 임무를 완수하고 인류를 구원할 수 있을까?

포스터에는 '우린 답을 찾을 것이다. 늘 그랬듯이'라는 문구가 적혀 있다. 그런 것처럼 결말은 비극 대신 희망을 전해 준다. 영화는 복잡한 물리 지식을 동원하면서 광대한 스케일을 펼쳐 보여 주는 한편 따스한 가족주의를 밑바탕에 깔아 둠으로써 SF인 동시에 휴먼 드라마를 표방하고 있다.

그런 인간애에 대해서는, 매튜와 함께 우주선을 탄 아멜리아가 "사랑은 시공간을 초월하는 우리가 알 수 없는 유일한 것이에요"라고 한 말에 잘 나타나 있다. 그 다음에 이어지는 "이해는 못 하지만 믿어 보기는 하자구요"라는 말을 통해 이해보다는 믿음이 먼저라는 사실을 생각해 보도록 만들기도 한다. 그런 믿음이 구원에 한 발짝 다가설 수 있도록 하는 힘으로 작용할 수 있지 않을까?

그 뒤에도 믿음이라는 말이 나온다. 인류의 새로운 서식처를 찾아 나서도록 한 프로젝트의 설계자 브랜드 박사는 죽음을 앞두고 쿠퍼의 딸 머피에게 "자넨 믿음을 버리지 않았지. 그렇게 오랜 세월 동안 내가 자네한테 믿음을 가지라고 했지. 난 자네가 믿길 바랐네. 자네 아버지가 돌아올 거라고…"라고 말한다. 그 말에 머피는 "지금도 믿어요"라고 말했고, 실제로 쿠퍼는 무사히 귀환해서 딸을 만난다. 사랑과 믿음을 포기하지 않았기에 가능한 일이었다.

쿠퍼 일행이 우주선을 타고 우주를 향해 떠나는 동안 딜런 토마스의 시가 내레이션으로 흘러나온다. 역시 자막에 나온 그대로 옮기면 이렇다.

순순히 어두운 밤을 받아들이지 마오.
노인들이여, 저무는 하늘에 소리치고 저항해요.
분노하고 분노해요. 사라져 가는 빛에 대해.

현자들은 삶의 끝에 어둠이 올바름을 알지만
그들의 말이 빛이 되지 못했기에
순순히 어둠 속으로 걸어가지 않습니다.

Do not go gentle into that good night,
Old age should burn and rave at close of day;
Rage, rage against the dying of the light.

Though wise men at their end know dark is right,
Because their words had forked no lightning they

Do not go gentle into that good night.

시의 원문은 뒤에 더 길게 이어지지만 영화에서는 앞의 두 연만 인용하고 있다. 〈위험한 아이들〉의 자막보다는 훨씬 세련되고 자연스러운 번역이다.

2연을 읊고 난 다음 원문과는 다르게 '분노하고 분노해요, 사라져 가는 빛에 대해'라는 구절을 한 번 더 반복한다. 영화의 내용에만 빗대어 이해하자면 지구의 멸망을 순순히 받아들이지 말라는 말로 들린다. 그렇게 받아들이는 게 영화를 이해하고 감상하는 데 도움이 되고, 이 시를 삽입한 것도 그런 효과를 노렸을 터이다. 물론 딜런 토마스가 미래에 만들어질 영화를 염두에 두고 시를 썼을 리는 만무하고, 정확하게는 죽음을 앞둔 자신의 아버지를 위해 쓴 작품이다.

2021년 12월 24일, 1970년대를 대표하는 포크 가수 양병집이 사망했다. 양병집은 밥 딜런의 노래를 여러 곡 번안해서 국내에 소개했으며, 죽기 직전에는 자전소설 『밥 딜런을 만난 사나이』를 출간했다. 그런 만큼 양병집은 밥 딜런과 떼려야 뗄 수 없는 관계라고 할 수 있다. 내가 대학 시절 선배들에게 배운 노래 중의 하나가 밥 딜런의 〈바람만이 아는 대답(Blowin' in the wind)〉인데, 1970~80년대에 대학생들이 즐겨 부르던 노래였다. 양병집이 개사한 가사 앞부분은 이렇다.

> 얼마나 먼 길을 헤매야 아이들은 어른 되나.
>
> 얼마나 먼 바다 건너야 하얀 새는 쉴 수 있나.
>
> 얼마나 긴 세월 흘러야 사람들은 자유 얻나.
>
> 오! 내 친구야 묻지를 마라.
>
> 바람만이 아는 대답을.

3행에 나오는 '자유'라는 낱말이 독재 정권 치하를 살아가던 젊은이들의 가슴을 끌어당겼을 것이다.

밥 딜런은 1960년대에 존 바에즈와 함께 반전 평화를 외치는 집회에 나와 노래를 부르면서 우리나라에 저항 가수로 알려졌다. 밥 딜런의 음악 세계를 그런 카테고리 하나로 묶을 수는 없지만, 나이 든 세대에게 밥 딜런의 노래는 자유와 평화의 상징으로 다가오곤 했다.

먼 길을 헤매고, 먼 세월 흐른 후에 루앤 존슨이 가르치던 빈민가의 아이들은 어떻게 변했을까? 바람만이 알고 있을지도 모르지만 정신의 근육을 잘 키워가며 굳건히 자신들의 길을 찾아갔을 거라고 믿고 싶다.

그대여

죽지 말아라

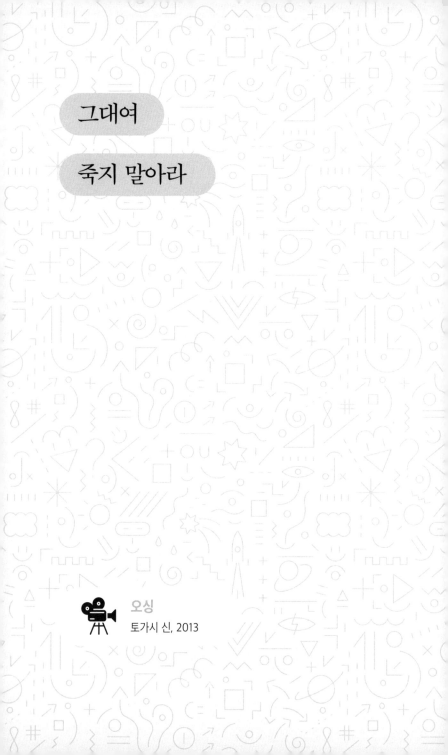

오싱
토가시 신, 2013

1983년과 1984년에 걸쳐 저녁마다 일본 사람들을 텔레비전 앞에 붙들어 앉힌 드라마가 있었다. 제목은 〈오싱〉. 당시 평균 시청률이 52.6퍼센트였다고 하니 얼마나 큰 인기를 끌었는지 짐작할 수 있다. 나중에 소설로도 나왔고, 우리나라에도 번역돼 많은 독자들에게 읽혔다. 이 드라마를 바탕으로 2013년에 토가시 신(冨樫森) 감독이 영화를 만들었는데, 대하 드라마여서 전체 내용을 다루지는 못하고 주인공 오싱이 남의집살이를 하던 어린 시절만 떼어 냈다.

때는 1907년, 하층민의 딸로 태어난 오싱(하마다 코코네)은 일곱 살이다. 한창 뛰어놀 나이지만 워낙 가난한 탓에 남의 집에 식모로 팔려 간다. 어떻게 일곱 살짜리를 그럴 수 있냐고 하겠지만, 절대 가난에 시달리던 그 옛날에는 흔한 일이었다. 눈 내리는 한겨울에 어린 딸을 식모로 떠나보낼 때 서로를 부르며 울부짖는 모녀, 그리고 뒤늦게 달려와 미안하다며 오열하는 젊은 아버지. 절로 눈물이 나오는 장면이다. 이런 식으로 곳곳에서 눈물을 짜내게 하는 전형적인 최루성 영화에 해당한다. 그럼에도 어린 나이에 꿋꿋하고 당차게 고난을 헤쳐 가는 오싱의 모습은 관객들에게 깊은 인상을 심어 주었다. 오싱 역을 맡은 어린 여자아이가 얼마나 연기를 잘하는지 놀라울 정도인데, 2500:1의 경쟁률을 통해 발굴한 배우라고 한다. 오싱의 연기만 보아도 충분히 감동받을 만한 영화이기도 하다.

내게 가장 깊은 인상을 준 건 일하던 집에서 도둑 누명을 쓰고 도망쳐 나왔다가 눈밭에 쓰러진 오싱을 숲속에서 사냥꾼으로 살아가는 청년이 구해 준 뒤 함께 생활하면서 생긴 일을 그린 장면들이다. 청년의 이름은 슌사쿠(미츠시마 신노스케)로, 1904년에 벌어진 러일전쟁 때 탈영한 인물이다.

산속 오두막에는 나이 든 사냥꾼이 청년과 함께 산다. 정확하게는 군대에서 도망친 탈영병을 사냥꾼이 숨겨 주며 살고 있는 셈이다. 사냥꾼 아저씨는 오싱을 마을로 돌려보내려고 하지만 오싱은 도망쳐 나온 처지라 주인집으로도, 본래 자기 집으로도 갈 수 없다며 오두막에서 같이 살게 해 달라고 한다. 외로웠던 슌사쿠도 오싱을 받아 주자고 한다. 오싱으로 인해 다른 사람들에게 청년의 존재가 드러나고 위험해질까 봐 반대하던 사냥꾼 아저씨도 마지못해 승낙을 하고 만다.

"오싱의 싱은 믿는다는 뜻이야. 진실이라는 뜻이지. 참고 견딘다는 뜻도 되고 하늘의 신이란 뜻도 돼. 그렇게 좋은 이름을 지어 줬는데 징징대고 있으면 이름이 아깝지."

오싱이 눈물을 흘리며 억울하게 주인집에서 쫓겨났다고 하자 슌사쿠는 그런 오싱을 나무라며 용기를 가지고 살 것을 주문한다. 함께 사는 동안 슌사쿠는 오싱의 든든한 보호자이면서 교사 역할을 한다. 오싱은 슌사쿠에게 글을 배우고, 움막에 있던 책을 집어든 다음 떠듬거리며 '그대여 죽지 말아라'라는 제목의 시를 읽는다.

아, 내 아우여

널 그리며 우노라

부디 죽지 말고 살아오기를

처음에는 그게 시라는 것도 모른 채 글자만 따라 읽었지만 마침 사냥에서 돌아온 슌사쿠가 그 모습을 보고 오싱이 읽은 글을 시라고 한다는 사실을 알려 준다. 그런 다음 시에 얽힌 이야기를 들려주며 오싱과 대화를 나눈다.

"요사노 아키코라는 사람이 러일전쟁 때 군대 간 남동생을 생각하며 슬퍼서 지은 거지."

"군대에 간 게 어째서 슬프죠? 군인들은 훌륭하잖아요. 오빠가 다친 것도 영광의 상처 아니에요?"

"그런 건 영광이 아니야. 사람을 더 많이 죽인 쪽이 이기는 게 전쟁이야. 그런 게 뭐가 훌륭해?"

"오빠도 사람을 죽였어요?"

오싱의 질문에 한동안 침묵한 후 슌사쿠는 이렇게 말한다.

"그래서 군인을 관둔 거야."

그 당시 슌사쿠와 같은 마음을 가진 일본 병사들이 얼마나 됐는지는 모르겠으나, 슌사쿠 하나만은 아니었을 거라는 건 분명하다. 전쟁에 반대하는 이들의 목소리는 비록 소수일지라도 어느 시대, 어느 나라건 꼭 있기 마련이므로. 미국 청년들이 베트남 참전을 반대하며 대규모 반전시위를 벌였던 것도 그런 맥락에서 발생한 일이다. 다만 러일전쟁 무렵 일본에서 공개적으로 반전을 외친다는 건 상상하기 어려운 일이었다. 그런 의미에서 순결한 영혼을 지닌 청년 슌사쿠는 시대의 희생자라 불러도 무방하겠다.

그런 대화 후에 시의 뒷부분을 슌사쿠와 오싱의 목소리로 낭송하는 장면이 이어진다.

부모가 칼을 쥐어 주며 사람을 죽이라고 하였던가?

사람을 죽이고 너도 죽으라고

24년이나 애지중지 길렀던가

......

열 달도 못 살고 생이별을 한

여인의 마음을 헤아려 보라

너는 이 세상에서 외톨이가 아니다

다시 널 따스하게 맞아 줄 이 있으리니

부디 죽지 말고 살아오기를

마치 반전사상을 담은 영화처럼 다가오는 장면이다.

탈영한 사실을 숨기고 산속에 숨어 살던 슌사쿠는 나중에 헌병들에게 잡혀서 사살당한다. 봄이 되면서 더 이상 어린 여자아이를 산속에서 자라게 할 수 없다고 판단한 슌사쿠가 돌아가기 싫다는 오싱을 데리고 마을로 내려가던 중이었다. 하필이면 그때 탈영병을 잡으러 다니던 헌병대 일행과 마주치게 된다.

"오싱, 굳세게 살아가야 해."

이 말을 남기고 도망치던 슌사쿠는 헌병이 쏜 총에 맞고 쓰러진다. 슌사쿠라는 인물을 통해 러일전쟁 당시 일본 안에 반전 평화를 주장하는 흐름이 있었다는 걸 알 수는 있지만 그런 주장이 당시에는 커다란 흐름으로 자리 잡지 못했다. 그건 요사노 아키코(与謝野晶子, 1878~1942)가 앞의 시를 발표한 다음에 독자들로부터 극렬한 비난을 받았다는 사실을 통해서도 알 수 있다.

강대국인 러시아와 전쟁을 치르면서 일본은 메이지 유신 이후 강력해진 국력을 확인하고 세계열강의 대열에 끼게 된 걸 자랑스러워 하는 분위기가 강했다. 맹목적인 애국주의가 휩쓸던 시기였을 테니 일본인들이 요사노 아키코의 시에 반감을 느끼는 건 당연했다. 특히 시 중간에 천황도 스스로 전쟁에 나가지는 않았다는 내용까지 들어가 있어 비국민, 역적 같은 소리까지 들어야 했다. 그런 가운데도 자식을 전쟁터에 보낸 부모들에게는 공감을 불러일으켰으며, 훗날 교과서에도 실릴 만큼 일본의 대표적인 반전시로 평가받는다.

요사노 아키코는 반전시뿐만 아니라 당시의 관념으로는 상상하기 힘들었던 자유연애와 정열적이고 관능적인 여인의 모습을 시로 그리는 등 시대의 흐름을 앞서가는 여성 시인이었다. 자신에게 시를 가르쳐 준 스승의 부인을 밀어내고 대신 아내의 자리를 차지했을 정도로 대담한 연애를 해서 화제의 주인공이 되기도 했다. 일본 초기 낭만주의의 거점이었다고 평가받는 동인 잡지 『묘조(明星)』의 여왕이라 불리며, 자유분방한 감정을 담아낸 첫 시집『헝클어진 머리칼』을 발간해 큰 인기를 끌었다. 이 시집은 우리나라에도 번역되어 나와 있다.

근대 초기 일본 여성 시단에서 커다란 활약을 했고 여성 인권 운동을 했으며 반전시까지 써서 더욱 유명해지긴 했으나, 말년에는 상반된 모습을 보여 주기도 했다. 중일전쟁 무렵에는 만주까지 가서 군인들을 위문하고, 태평양전쟁이 일어나자 전쟁을 독려하는 시를 썼다. 반전 평화를 외치던 모습에서 전쟁을 찬양하는 시인으로 전향한 모습을 통해, 식민지 말기에 시인과 소설가들이 너도나도 친일 작품을 썼던 우리의 부끄러운 과거가 떠오르기도 한다.

제국주의의 폭압성을 뚫고 자신의 양심과 신념을 지킨다는 건 무척 어려운 일이고, 요사노 아키코 역시 국가의 폭력과 강요에 굴복했을지도 모른다. 나약한 지식인들의 한계에 대해 생각해 보는 동시에, 그럼에도 「그대여 죽지 말아라」에 대한 평가에는 인색하지 말아야 한다는 생각도 한다.

집으로 돌아온 후에도 오싱의 고난은 끝나지 않았다. 가난이 여전히 오싱의 가족들을 옭아매고 있었기 때문이다. 오싱의 어린 여동생마저 남의 집에 입양 보낼 수밖에 없는 처지에서 오싱은 다시 남의집살이를 시작한다. 그곳에서도 크고 작은 어려움들에 직면하곤 한다. 그럴 때마다 슌사쿠가 선물해 준 하모니카를 불며 마음을 달래곤 했다. 그런 하모니카를 탐 낸 주인집 딸 카요와 충돌이 생기고, 주인에게 불려간 오싱은 탈영병과 지낸 당돌한 녀석이라는 소리를 듣는다. 그러자 오 싱은 슌사쿠는 나쁜 사람이 아니라며 옹호한다.

"오빠는 겁쟁이도 아니고 비겁하지도 않아요. 전쟁은 무조 건 사람을 죽여야 하잖아요. 그래서 군인을 관둔 거예요. 전 쟁은 좋지 않은 거니까요."

전쟁을 바라보는 슌사쿠의 관점이 오싱에게 그대로 전해 졌음을 알 수 있다. 하지만 이런 오싱의 말은 오히려 주인 남자가 '발칙하고 뼛속까지 무서운 애'라는 가시 돋친 평가 를 내리도록 만들었다. 주인 남자의 이런 인식이 당시 일본 사람들의 보편적인 생각과 정서였을 것이다. 작가가 극 속 에 슌사쿠라는 인물을 등장시킨 건 2차대전 패전 후에 일었 던, 군국주의에 대한 반성과 재평가의 흐름에 닿아 있다고 할 수 있다.

지금도 일본의 우파 정치인들이 걸핏하면 평화헌법을 수정 하려는 시도를 하고 있지만, 그런 흐름에 반대하고 저지하기 위해 애쓰는 일본 국민과 평화운동가들도 있다. 영화 〈오싱〉 이 단지 최루성 드라마로만 떨어지지 않게 된 건 그런 반전 평화의 목소리가 일본 안에 자리 잡고 있음을 확인할 수 있는 사례라고 하겠다.

> 여자는 말이다. 자기를 위해 일하는 게 아니란다. 전부 부모와 남편과 자식을 위해서 일하는 거야. 자기 생각은 털끝만큼도 안 하지. 그런 게 여자의 삶이지. 네 어머니도 마찬가지야.

오싱이 두 번째로 찾아가서 일했던 집의 큰마님이 하는 말이다. 큰마님은 주인이긴 하지만 아랫사람을 함부로 대하지 않는, 품이 넓고 인자하며 오싱을 아끼고 위해 주는 인물이다. 하지만 그런 큰마님 역시 시대의 한계를 뛰어넘지는 못하는 인물이다. 큰마님의 모습을 통해 우리와 마찬가지로 일본에도 전근대 시절부터 강요되어 온 전통적인 여성상이 오래도록 이어져 왔음을 알 수 있다.

희생하는 여성, 가족을 위한 자기 헌신을 당연하게 여기는 모성애에 대한 이런 관념은 시대착오적이다. 미화하지 말아야 할 걸 미화한다는 점에서 비판받을 만하지만 한 편의 영화에서 모든 걸 기대할 수는 없는 일이다. 아울러 당시를 살았던 사람들의 인식 구조를 지금에 맞추어 비판하는 것도 온당치는 않다.

마지막에 오싱이 할머니 장례를 마치고 다시 일하러 떠나기 전 어머니에게, "난 혼자서도 괜찮아. 절대로 안 질 거야"라고 말하는 장면이 나온다. 관객들은 그런 오싱에게 뜨거운 격려의 박수를 보냈을 것이다. 어린아이가 험난한 미래를 잘 헤쳐가기를 바라는 거야 인간이라면 누구나 갖게 되는 마음이다. 그러면서도 나는 자꾸만 오싱에게 미안했다. 그게 비록 먼 옛날 이국의 소녀였을지라도.

요사노 아키코가 전쟁터로 떠난 남동생을 걱정하며, '부디 죽지 말고 살아오기를' 바랐던 그런 마음이 오싱에게도 똑같이 전달되었기를 바랄 뿐이다. 감독이 영화 속에 요사노 아키코의 시를 넣은 의향도 그랬을 거라고 생각한다.

영화 초반에 오싱이 엄마와 잠자리에 들면서 함께 부르던 자장가가 귀에 들리는 듯하다.

자장자장 자귀나무에 꽃이 피고
빨간 열매가 열렸는데
남쪽 나라에서 날아온 작은 새가
그 열매를 따 갔답니다.

자장가 가사마저도 슬픈 느낌으로 다가온다.

일본 드라마 〈오싱〉의 인기가 우리나라에도 전해져 1985년에 이상언 감독이 리메이크 작품을 만든 적도 있다. KBS 드라마 〈달동네〉에서 똑순이 역할로 나왔던 아역 탤런트 김민희가 오싱 역을 맡았다. 배경은 일제 식민지 시기, 오싱은 신이라는 이름으로 설정을 바꾸었다.

보리에 새겨진

피어린 역사

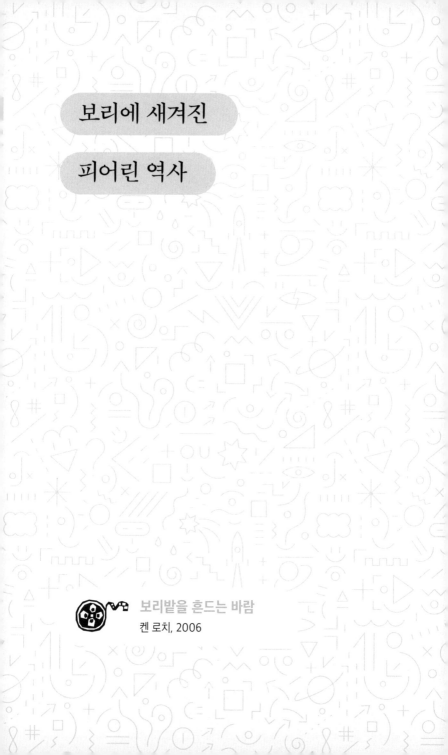

보리밭을 흔드는 바람
켄 로치, 2006

영화를 좋아하는 사람치고 영국의 켄 로치 감독을 모르는 사람은 없지 싶다. 켄 로치는 〈보리밭을 흔드는 바람〉과 〈나, 다니엘 블레이크〉로 칸영화제 황금종려상을 두 번이나 수상했을 만큼 세계적인 거장이다. 좌파 성향의 감독으로 알려져 있으며, 노동자들 편에서 그들의 고통스러운 삶과 노동의 가치를 대변하는 영화를 많이 찍었다. 또한 영국인이면서도 예전에 자신들의 식민지였던 아일랜드가 겪어야 했던 수난의 역사를 필름에 담기도 했는데, 〈보리밭을 흔드는 바람〉이 그렇다.

영화 속 배경은 1920년의 아일랜드다. 아일랜드의 젊은이들이 풀밭에서 그들의 전통 경기인 헐링을 하는 장면으로 시작하는데, 경기를 마친 그들에게 영국 군인들이 총을 들고 몰려와 모든 공공집회는 금지며 헐링 경기도 예외는 아니라고 말한다. 그러면서 헐링에 참여했던 젊은이들의 이름과 거주지 등 신상을 조사한다. 이때 열일곱 살의 미하일이 영어식 표현인 마이클이라 하지 않고 아일랜드 표현인 미하일이라고 대담하며 반항하다 살해당한다.

손자의 주검 옆에 앉아 할머니가 구슬프게 부르는 노래에서 영화의 제목을 가져왔고, 노래는 아일랜드 시인 로버트 드와이어 조이스(1830~1883)의 시를 가사로 삼았다.

나의 새로운 사랑은 아일랜드를 생각하네.

산골짜기의 미풍이 불어

금빛 보리를 흔들 때

분노에 찬 말들로

우리를 묶은 인연을 끊기는 힘들었지.

그러나 우리를 묶은 침략의 족쇄는

그보다 더 견디기 어려웠네.

그래서 난 말했지.

이른 새벽 내가 찾은 산골짜기

그곳으로 부드러운 미풍이 불어와

황금빛 보리를 흔들어 놓았네.

아일랜드 출신으로 세계적인 작가 반열에 오른 사람이 유난히 많다. 시인 예이츠를 비롯해 조나단 스위프트, 조지 버나드 쇼, 오스카 와일드, 사뮈엘 베케트 등이 아일랜드 출신이다. 『더블린 사람들』과 『율리시스』 같은 작품들을 썼으며 '의식의 흐름'이라는 기법을 사용해 20세기 문학의 새로운 지평을 열었다는 평가를 받는 제임스 조이스(1882~1941) 역시 아일랜드를 대표하는 작가다. 인구 500만이 안 되는 작은 나라에서 이토록 많은 대작가가 나왔다는 사실이 놀라울 정도다.

그에 반해 조이스와 같은 성을 가진 로버트 드와이어 조이스는 우리에게 생소한 시인으로 다가오며, 영문학사에서도 크게 다루어지지 않는 편이다. 그런 시인을 켄 로치가 불러낸 건 그의 시 한 편이 자신이 구상한 영화에 딱 들어맞는다고 생각했기 때문일 터이다.

로버트 드와이어 조이스는 왜 하필 보리밭을 시의 소재로 삼았을까? 아일랜드에 보리가 많이 자라서 그렇기도 하지만 아일랜드의 보리에는 피어린 수난이 새겨져 있기 때문이다. 조이스의 시는 1798년의 부활절 봉기에 뛰어들었던 한 청년의 불행한 운명을 노래하고 있다. 수백 년 동안 영국의 식민 통치를 받아야 했던 아일랜드인들은 여러 차례에 걸쳐 독립을 쟁취하기 위한 봉기를 일으켰다. 방금 말한 부활절 봉기도 그런 항쟁의 하나였으며, 많은 희생자를 낸 끝에 실패하고 말았다. 시의 화자인 청년은 봉기 중에 사랑하는 여인을 잃게 되며, 영화에 나오는 시의 뒷부분에는 청년이 숨진 애인을 팔에 안고 슬퍼하는 장면이 이어진다.

부활절 봉기에 참여했다 희생당한 아일랜드인들의 시체를 영국군들은 들판 한가운데 아무 곳에나 구덩이를 파고 묻었다. 아일랜드 반란군들은 주머니에 비상식량으로 보리나 귀리를 넣어 다니며 전투를 하다 배고프면 한 줌씩 꺼내서 씹어 먹곤 했다. 시신이 묻힌 곳에서 반란군의 주머니에 들어 있던 보리가 싹을 틔우면서 땅을 뚫고 올라왔으며, 그 주변은 자연히 보리밭으로 변했다. 아일랜드 사람들은 그런 곳을 크로피 피트(croppy pit) 혹은 크로피 홀(croppy hole)이라 불렀다. croppy는 본래 까까머리라는 뜻이며, 영어사전에는 '프랑스혁명을 지지한 1798년의 아일랜드 반란군의 속칭'이라는 뜻도 올라 있다. 속어로는 시체를 뜻하기도 한다.

그 후로 아일랜드에서 보리밭은 저항의 상징으로 사용되곤 했다. 조이스가 부활절 봉기를 시의 소재로 삼으며 보리밭을 끌어들인 이유와 켄 로치가 영화 제목에 왜 조이스의 시 「보리밭을 흔드는 바람」을 사용했는지 비로소 이해할 수 있겠다. 황금빛 보리가 저항과 피의 상징으로 사용된다는 건 그 자체로 비극이다. 침략과 식민의 역사가 풍요의 아름다움을 대치하게 된 연유를 캐 들어가는 일 자체가 크나큰 슬픔을 안겨 준다.

미하일의 죽음 이후 마을 청년들은 영국군에 맞서 싸우는 게릴라 전사들이 되기로 한다. 그러는 가운데 데미언(킬리언 머피)은 의사가 되기 위해 런던으로 유학을 가겠다고 한다. 친구들이 비겁자라고 비난하지만 데미언은 인원도 월등히 많고 강력한 영국 군대에 맞서 싸우는 건 승산이 없는 일이라며 만류를 뿌리치고 기차역으로 향한다. 기차역에 도착한 데미언은 규정상 군인은 못 태우게 되어 있다는 기관사에게 영국 군인들이 무자비한 폭력을 가하는 모습을 보고 발길을 돌린다.

영화는 테디(패드레익 들러니)와 데미언 형제를 비롯한 젊은이들이 아일랜드 저항군 IRA에 가입해서 영국군과 맞서 게릴라전을 펼치다가 영국과 아일랜드 사이에 평화협정이 맺어지면서 비극으로 치닫는다. 그 사이에 많은 일이 있었다. 영국군을 습격해 무기를 빼앗는 데 성공했으나 내부자의 밀고로 형 테디가 체포돼 혹독한 고문을 당해야 했고, 밀고한 사람을 찾고 보니 대원 중에서 가장 어려 막냇동생처럼 대하던, 여리고 순한 심성을 가지고 있던 크리스였다. 밀고자를 처형하라는 상부의 명령을 두고 대원들 사이에서 차마 그럴 수 없다며 논란이 벌어진다.

"어쩔 수 없어. 이건 전쟁이야. 우린 전쟁을 하고 있다고."

인정보다는 원칙론이 앞서면서 결국 처형을 해야 한다는 판단을 내리고 크리스를 언덕으로 끌고 간 다음 데미언이 자신의 손으로 총을 겨눈다. 소식을 듣고 아무 말 없이 아들의 무덤 앞으로 간 크리스의 어머니는 데미언에게 다시는 널 보고 싶지 않다고 말한다. 데미언은 넘지 말아야 할 선을 넘어 버렸다며 괴로워한다.

그런 아픔까지 겪으며 걸어온 길이었다. 평화협정을 맺고 무기를 내려놓자는 의견이 나왔을 때 반발하는 사람들이 나오는 건 당연하다. 평화협정에 따라 영국군은 물러나지만 완전한 독립이 아니라 여전히 영국 국왕 치하에 있는 자치정부 수준에 그친다. 아일랜드 인들의 저항이 거세지자 영국 측이 내놓은 타협안이라고 할 수 있다. 그래도 일단 전쟁을 끝낼 수 있다는 측면에서 보면 꽤 유혹적인 안이 아닐 수 없다.

영국 측의 협상안에 대해 저항군 안에서 평화를 위해 협정을 인정하자는 측과 그런 협정은 기만에 불과하므로 완전한 독립을 이룰 때까지 끝까지 맞서 싸우자는 측으로 나뉜다. 형 테디는 새로 들어선 아일랜드 정부의 자유군에 들어가고, 동생 데미언은 저항군 편에 서면서 두 집단 사이에 내전을 벌이게 된다. 이중의 비극이 전개되는 가운데 무기 반납을 거부한 데미언은 아일랜드 정부 자유군에 체포된 후 테디의 손에 총살형을 당한다.

총살 당하기 전에 테디가 마지막으로 데미언을 찾아와 무기를 숨겨둔 곳을 자백하고 사면을 받으라고 부탁한다. 하지만 데미언은 형의 요청을 이런 말로 거부한다.

"형, 내 말 잘 들어. 난 크리스 라일리의 심장을 쐈어. 내가 그랬어. 왜 그런 줄 알잖아. 난 절대 배신 안 해."

더 이상 설득할 말을 찾지 못한 테디는 데미언에게 유서를 써 두는 게 좋겠다는 말을 남기고 돌아간다. 역사란 이렇게 참혹하고 끔찍한 장면을 아무렇지도 않게 연출하곤 한다. 테디가 냉혹해 보이긴 하지만 무턱대고 비난하기도 어렵다. 테디는 영국군에게 체포당했을 때 펜치로 생손톱을 뽑히는 고문을 당하면서도 조직의 비밀을 지킨 강인한 인물이었다. 그런 테디였기에 일단 평화협정을 받아들이고 점진적으로 완전한 독립을 향해 나아가자는 현실주의 노선을 취했다는 사실만으로 변절자라 할 수는 없는 일이다. 테디는 그게 더 이상의 희생을 막고, 조국 아일랜드의 미래를 위한 최선의 길이라고 믿었을 뿐이다.

그 후로도 아일랜드가 영국으로부터 완전히 독립하기까지는 많은 시간이 필요했으며, 북아일랜드 지역은 지금도 영국령으로 남아 있다. 영화 속에는 아일랜드 사람이면서 영국 편에 서는 인물들도 등장한다. 대표적인 집단이 지주와 자산가들인데, 일제 식민지 시기의 우리 역사와 매우 흡사하다. 그들은 독립이 중요한 게 아니라 자신들의 재산 불리기와 지위를 유지하는 일이 훨씬 중요했다. 지주와 함께 아일랜드 민중들을 배신하는 집단이 가톨릭 사제들이다. 역사에서 종교 집단이 권력 편에 서서 자신들의 기득권을 유지하거나 민중들을 착취한 경우는 흔하다.

영화 속에 시 한 편이 더 나온다. 감옥에 갇힌 데미언이 누군가 벽에 새긴 시 구절을 발견하고 촛불을 비춰 가며 읽는다.

> 그래서 나는 사랑의 정원으로 돌아왔다.
> 검은 가운을 입은 사제들이 정원을 돌고 있고
> 가시덤불로 내 기쁨과 욕망을 묶고 있었다.

영국의 낭만주의 시인 윌리엄 블레이크가 쓴 시로, 얼마 전에 돌아가신 문학평론가이자 생태주의 잡지 『녹색평론』 발행인이었던 김종철 선생이 번역한 전문이 블레이크 시집 『천국과 지옥의 결혼』(민음사, 1974)에 실려 있다.

사랑의 뜰

나는 사랑의 뜰로 가서

아직 못 본 것을 보았다.
내가 놀던 풀밭 가운데
교회당이 서 있었고.

교회당의 문은 닫혀 있었는데
문 위에 〈해서는 안 된다〉가 씌어 있었다.
그래서 아름다운 꽃들이 수없이 피어 있는
사랑의 뜰로 나는 돌아섰다.

그런데 나는 꽃들이 있어야 할 곳에
무덤과 묘비가 가득 차 있음을 보았다.
검은 가운을 걸친 신부들이 거닐면서
내 기쁨과 욕망을 가시덤불로써 묶고 있었다.

블레이크의 시에서 '검은 가운을 걸친 신부들'은 억압자로
그려지고 있다. 같은 시집에 실린 다른 시 「나는 황금의 교회
당을 보았다」에서도 타락한 교회를 신랄하게 비판하고 있다.
켄 로치는 한 인터뷰에서 흥행 위주의 마블(마블 시네마틱
유니버스) 영화를 비판하며 '돈이 논의되기 시작하면 예술은
불가능하다'라고 한 블레이크의 말을 인용한 적도 있을 만큼

블레이크를 좋아한다. 그러다 보니 그의 영화 〈나, 다니엘 블레이크〉의 주인공도 시인 블레이크의 이름을 가져다 쓴 게 아닌가 하는 추측을 하는 사람도 있다. '주인집 문 앞에 굶주림으로 쓰러진 개는 한 나라의 멸망을 예고한다'(「순수의 전조」 중에서)고 한 블레이크의 시 구절은 〈나, 다니엘 블레이크〉와 그대로 겹쳐진다. 켄 로치는 노동자들의 삶을 자주, 충실하게 그려낸다고 해서 '블루칼라의 시인'이라는 별칭도 갖고 있다.

'부드러운 미풍이 불어와 / 황금빛 보리를 흔들어 놓'는다는 아름다운 구절 뒤편에 숨어 있는 핏자국, '꽃들이 있어야 할 곳에 / 무덤과 묘비가 가득 차 있'는 모순된 현실! 시와 영화는 그렇게 부조리한 역사의 현장에 촉수를 들이대고 묻는다. 역사란 무엇인가? 인간은 무엇을 위해 살고 죽는가? 억압과 자유 사이에서 예술이 취해야 할 포즈는 어떠해야 하는가? 피하기 어려운 질문과 거기서 생성되는 긴장이 창조의 원천으로 작동하는 법이다.

진짜 시어는

어디에 있을까?

영원과 하루
테오 앙겔로풀로스, 1998

사람들이 '시적인 영화'라고 일컫는
작품들이 있다. 특정 감독에 대해 시적인 영화를 잘 찍는다고
하거나, '영상 시인'이라는 호칭을 붙여 주기도 한다. 그렇게
호명되는 감독 중의 한 명이 그리스의 테오 앙겔로풀로스다.

시적인 영화라고 해서 꼭 시가 영화에 등장해야 하는 건 아
니고, 일반적으로는 영화의 서사 구조와 영상미가 아름답게
연결되었을 때, 혹은 서정적인 분위기를 연출할 때 그런 표현
을 쓰곤 한다. 시와 영화는 이미지를 중시한다는 면에서 통하
는 지점이 있기 때문일 터다. 때로는 배경음악도 중요한 영향
을 미치는데, 앙겔로풀로스 감독은 영화 작업 중반 이후부터
줄곧 작곡가 엘레니 카라인드루와 함께했다. 엘레니 카라인
드루의 음악과 앙겔로풀로스의 영화는 무척 잘 어울린다.

노시인 알렉산더(브루노 간츠)는 내일이면 병원에 입원하러
가야 하고, 그러면 병원에서 영영 나오지 못할 거라는 걸 안
다. 마지막 남은 하루를 어떻게 보낼 것인가? 자신이 기르던
개를 맡기러 딸의 집을 방문한 알렉산더는 아내인 안나가 오

래전에 자신에게 쓴 편지 뭉치를 딸에게 전하고, 딸이 그중에서 봉해지지 않은 편지 한 장을 읽는다.

편지는 1966년, 딸이 태어나던 날에 있었던 일들을 전하고 있는데, 편지를 읽는 동안 알렉산더의 얼굴에 당혹감이 어린다. 편지 내용과 함께 중간중간 그날 있었던 여러 일들이 화면에 펼쳐진다. 오래전에 죽은 아내는 그날을 가장 아름답고 행복했던 날로 기억하고 있지만, 그 말을 뒤집으면 다른 날들은 남편이 자신의 일에만 빠져 무심했다는 말도 된다.

당신의 딸과 나, 우리는 당신의 삶에 가깝게 살았지만 함께는 아니었어요. 난 당신이 어느 날 떠날 거라는 걸 알아요. 바람이 당신의 눈을 멀리 밀어 버릴 거예요. 하지만 오늘 나에게 준 이 하루, 마지막이었던 것처럼 내게 준 이 하루!

알렉산더는 후회와 자책에 이르지만 과거의 시간은 진작에 지나갔다. 딸과 사위로부터 자신이 아내와 살던 옛집을 팔았다는 얘기까지 듣고 나니 절망감마저 밀려든다.

딸의 집을 나선 알렉산더는 거리에서 알바니아 난민 소년을 만나 고향으로 돌려보내려 하지만 소년은 끝내 거부한다. 그런 다음 그날 밤까지 소년과 동행하며 우정을 나눈다.

소년이 나지막하게 부르던 노래, 〈내 작은 꽃을 어떻게 하면 너에게 보낼 수 있니?〉를 듣던 중 알레산더는 작은 꽃을 뜻하는 '코르폴라무'라는 낱말에 꽂힌다. 알렉산더는 그리스 최초의 현대시인으로 일컬어지는 디오니시오스 솔로모스(1798~1857)가 생전에 완성하지 못한 시 「봉쇄된 자유」를 자신이 완성시키는 걸 후반기 삶의 목표로 삼고 있었다. 하지만 적절한 어휘를 찾지 못해 작업은 오래도록 진척을 이루지 못했다.

알렉산더는 자신에게 남은 단 하루를 솔로모스의 시를 완성하기 위한 낱말을 찾으며 보내고 싶었고, 알바니아 소년에게 도움을 청한다. 알렉산더는 소년에게 솔로모스에 대한 이야기를 들려준다.

시인이라는 게 있었지. 지난 시기에는 위대한 시인, 그리스인이었어. 하지만 이탈리아에서 자라서 살았지. 어느 날 그는 그들의 자유를 무기로 정복한 튀르키예 사람 밑에서 그리스어를 배웠어. 그때 그는 내면에서 깨어나 어머니가 아직도 살고 있는 섬에서 어린 시절을 수년간 보낸, 잃어버린 나라를 마음속으로 느꼈어. 더 이상 평화가 없었어. 그는 헛소리를 하며 걸어 다녔어. 매일 밤 하얀 신부 드레스를 입고 그를 부르는 어머니의 꿈을 꿨어.

그다음 날 그는 베니스에서 배를 타고 그리스 잔타로 돌아갔어. 그의 섬으로. 얼굴들을, 색깔들을, 향기들을, 그의 집을 알아보았어. 하지만 언어를 몰랐어. 그는 혁명을 노래하길 원했지만 어머니의 언어를 말할 줄 몰랐어. 그때 그는 대중 구역과 벌판과 어촌들을 가로질러 가기 시작했어. 처음으로 단어들을 들었을 때 그것에 대해 돈을 치렀어.

소식은 널리 퍼졌어. 시인이 단어들을 산다! 그때부터 그가 가는 곳마다 모든 섬들의 늙고 젊은 가난뱅이들은 소유한 단어를 그에게 팔았어. 그리고 나서 그는 자유를 찬양했어. 물론 다른 시도 썼어. 그중에서 아주 길고 미완성인 것을 '봉쇄된 자유'라고 불렀어. 그는 그걸 완성하기 위해 여생을 보냈지만 그럴 수 없었어. 몇 단어들이 부족했거든.

민중의 언어와 민중의 서사를 채록해서 시를 썼던, 민중 시인의 면모를 알 수 있게 한다. 처음에는 이탈리아어로 시를 쓰던 그가 자신에게는 서툰 조국의 언어로 시를 쓰고자 했을 때 얼마나 막막했을까? 그런 한계를 극복하기 위해 발로 뛰며 민중들을 만나는 식으로 돌파해 간 솔로모스에게 알렉산더는 깊은 존경을 느끼고 있었던 모양이다.

알렉산더에게 솔로모스의 얘기를 들은 소년은 자신이 낱말을 가져다 주겠다고 약속한 다음 이방인을 뜻하는 '세니띠스'라는 낱말을 들려준다. 어떻게 그런 말을 아느냐고 묻자 자세한 뜻은 모르지만 마을에서 여자들이 주고받는 말을 들었다고 대답한다. 소년이 '모든 곳의 이방인'이라고 말할 때, 이방인은 솔로모스와 알렉산더, 그리고 소년을 포함해 그리스로 찾아든 알바니아 난민 소년들까지 포괄한다.

그날 오후 소년의 친구인 셀림이 버스에 치여 숨지는 사건이 발생하고, 소년과 친구들이 모여 셀림의 옷가지들을 태우며 눈물짓는다. 그러는 동안 소년의 목소리로 셀림을 추억하고 애도하는 말이 내레이션으로 흘러나오는데, 나에게는 그 대사가 어떤 시보다 감동적으로 다가왔다.

가엾게도 넌 오늘 밤
우리와 함께할 수 없어.
어이, 셀림.
난 무서워, 셀림.
바다는 너무 커.
뭐 하러 거기서 우리를 기다려?
어딜 가는 거야, 셀림?
거기서 뭐 해?

우리 모두는 어디로 갈 것 같아?

산이나 협곡, 경찰이나 군인들

우린 절대 돌아봐선 안 돼.

지금 내가 볼 수 있는 건 바다가 다야.

끝없는 바다.

밤에 어머니를 봤어.

그녀의 문 앞에서, 눈물을 흘리며

크리스마스였어, 벨이 울렸어.

산에는 눈이 내렸어.

네가 여기 있다면

이 광대한 세상의 마르세유, 나폴리

그 모든 항구들에 대해

우리에게 다시 말해 줄 텐데.

어이! 셀림, 말해 줘, 우리에게 말해 줘.

이 광대한 세상을 얘기해 줘.

어이! 셀림, 말해, 말해 줘, 우리에게 말해 줘.

밤이 깊어가면서 소년이 이제 떠나겠다고 하자 알렉산더
는 소년에게 큰 소리로 오늘 밤 같이 있고 싶다고 한다. 소년이 무서웠다고 하자 알렉산더도 자신 역시 무서웠다며 소년을 껴안는다. 시에만 빠져 사느라 가족마저 등한시했던 과거의 삶에서 벗어나 사람과 인연의 소중함을 늦게서야 깨닫게 된 순간이다.

알렉산더는 소년과 버스를 타고 시내를 지나간다. 다양한 손님들이 타고 내리는 버스에 젊은 남녀가 오른다. 여자 손에는 작은 꽃다발이 들려 있다. 청년이 여자에게 말한다.

마리아, 왜 내가 말하는 동안 떠나려고 해? 넌 괴로울 어떤 이유도 없어. 우린 새로운 방법이 필요해, 마리아. 말하는 새로운 방법, 그리고 우리가 그걸 찾을 수 없다면 아무것도 안 하는 게 나아. 사랑해, 사랑해, 내 모든 마음으로. 하지만 넌 부조리한 삶을 끌고 가고 있어. 넌 작가라는 걸로 돋보여. 모든 신문에서 네 얘기를 하고 난 그것에 지쳤어. 그리고 아직 널 사랑해! 하지만 왜 내가 말하는 동안 떠나는 거야?

여자는 남자의 말이 끝나기도 전에 들고 있던 꽃다발을 매몰차게 바닥에 던지고 버스에서 내린다. 알렉산더와 아내 안나 사이의 관계를 그대로 재현한 듯한 장면이다. 남녀가 내린 다음 느닷없이 솔로모스가 버스에 등장해서 시를 읊는다.

이슬과 함께 전율하는 새벽 전의 마지막 별은

눈부신 태양을 알린다.

끝없는 하늘에는

구름이나 안개의 흔적도 없다.

연풍의 숨결은

얼굴에 너무나 부드럽게

내 마음의 꽃잎에게 속삭이는 듯 보인다.

인생은 달콤해.

그리고… 인생은 달콤해.

헤어지기 전에 마지막으로 소년이 알렉산더에게 건네준 낱말은 '아르가디니'로, 몹시 늦었다는 뜻이다. 과거의 삶을 후회하지만 말 그대로 이제는 너무 늦었다. 마침내 소년을 보내고 알렉산더는 예전에 아내와 함께 살던 집으로 간다. 그리고 문밖에 펼쳐진 바다 앞에서 안나와 만나는 환상이 펼쳐진다. 알렉산더는 안나에게 말한다.

"난 병원에 가고 싶지 않아, 안나. 원치 않아. 내일을 위해 계획을 세울 거야. 미지의 이웃은 나에게 늘 같은 음악으로 응답해. 거기엔 나에게 단어들을 팔 누군가가 있을 거야. 내일, 내일이 뭐지, 안나? 언젠가 당신에게 물었지? 내일은 얼마나 걸리지? 그리고 당신은 내게 대답했지."

"영원과 하루."

짧은 대답을 남기고 안나는 화면 밖으로 사라진다. 더 이상 안나의 목소리를 들을 수 없다. 안나가 사라진 뒤 밀려드는 파도를 향해 알렉산더가 그날 하루 동안 수집한 낱말인 '나의 작은 꽃', '이방인', '내게', '몹시 늦었어'를 여러 차례 반복해서 외치며 영화는 끝난다.

영화 초반에 알렉산더는 오랫동안 이웃들과 전혀 내왕하지 않고 지내왔다는 얘기를 한다. 마지막 장면에 이르러 그게 잘못된 방식이었다는 걸 깨닫고 이웃들로부터 수집한 단어들을 들고 안나를 찾아가겠다고 말한다. 그게 진실을 위한 거라면서.

알렉산더가 평생 찾아 헤매던 시어들은 멀리 있는 게 아니라 자신과 가까운 이들의 삶, 그들이 사용하는 말 속에 있었다. 그걸 깨달았을 때는 몹시 늦었으나 내일이 있을 거라는 걸 포기하고 싶지 않다. 내일은 딱 하루지만 영원은 그런 하루들이 모여 이루어지는 것이다.

시어가 일상어와 구분되어 별도로 존재하는 게 아니라는 건 대부분의 시인들이 동의하는 사실이다. 하지만 아름답고 고상하거나 낯선 단어들을 찾아 헤매는 시인들이 있는 것도 사실이다. 일상어를 적극적으로 시에 끌어들이기 시작한 시인으로 흔히 김수영을 꼽는다. 김수영 시인은 아름답고 멋진 말을 쓰지 않아도 시가 된다는 걸 보여 주었다. 그래서 김수영으로부터 비로소 한국의 현대시가 시작되었다고 하는 이들도 있다. 시적인 낱말이 따로 있는 게 아니라 낱말에 시의 옷을 입혀주는 것, 그게 언어를 다루는 시인의 역할이라고 하겠다.

인간의 감정을
통제할 수 있을까?

이퀼리브리엄 | **이퀄스**
커트 위머, 2002 | 드레이크 도레무스, 2015

미래 사회의 암울함을 담은 디스토피아 소설인 조지 오웰의 소설 『1984』에는 인간을 개조하기 위해 기존의 언어를 폐기하고 새로운 언어를 만들어 대체하는 작업이 진행된다. 다양한 사고를 하지 못하도록 막고 오로지 당이 주입한 사상에만 충실한 인간을 만들겠다는 방침에 따른 것이다. 언어가 줄어들면 사고가 제한되고 감정의 폭도 좁아진다. 그런 다음에 남는 것은 오로지 복종이다. 누구에게? 빅 브라더에게!

영화 〈이퀼리브리엄〉은 소설 『1984』의 변형 버전이다. 21세기에 제3차 세계대전이 일어났다는 설정과 함께 또다시 전쟁이 일어나면 인류 전체가 멸망한다고 경고한다. 그렇다면 멸망을 막을 방법은 무엇인가? 다시는 전쟁이 일어나지 않도록 해야 하고, 그러자면 인간에게서 감정을 박탈해야 한다는 게 권력 핵심부의 해법이다. 그래서 감정을 억제하는 프로지움이라는 약물을 모든 사람이 의무적으로 주입하도록 하고, 어기는 사람은 체포하거나 그 자리에서 처형한다. 그림이나 음악을 감상해선 안 되고, 시를 읽는 것도 금지다. 그런 사람들은 '감정유발죄'로 처벌받는다.

여기서 간단한 의문점이 생긴다. 전쟁을 막기 위해서라면 분노나 미움 같은 감정만 억제하도록 하면 될 텐데, 기쁨이나 슬픔 같은 감정까지 통제하는 이유는 무엇인가 하는 점이다. 이유는 복잡하지 않다. 감정의 통제를 정당화하기 위해 끊임없이 세뇌의 언어를 주입하는 목적은 복종을 내면화함으로써 권력 집단의 영구 통치를 꾀하기 위함이다. 그래서 전 국민에 대한 감시 체제를 구축하고, 군대와 경찰을 동원하는 동시에 클레릭이라는 명칭의 특수 요원들을 활용한다. 당연히 이러한 강압 통치에 반발하는 사람들이 있기 마련이고, 그들은 지하로 숨어들어 반군을 조직하고 저항한다.

영화의 전체적인 구조와 얼개는 무척 단순하고, 철학적 깊이도 그리 깊다고 할 수는 없다. 그런 취약점을 보완하는 건 화려한 액션과 CG를 활용한 전투 신이다. '건 카타'라는 특수 무술을 훈련받은 클레릭 요원의 신묘한 전투 동작이 영화를 끌어가는 기본 힘으로 작동하고 있다. 건 카타는 제자리에 선 채 몸만 움직여 날아오는 총알을 피할 수 있는 특별한 무술 동작을 바탕으로 삼으면서 양손에 든 권총 두 자루로 수십 명의 적을 상대하여 제압하는 기술이다. 클레릭의 현란한 움직임이 관객의 시선을 빨아들인다. 일급의 유능한 클레릭인 주인공 프레스턴 한 명의 활약에 의지하는 영화이기도 하다.

프레스턴(크리스찬 베일)과 동료 파트리지(숀 빈)는 경찰 특공대 복장의 병력을 앞세워 지하 반군의 은신처를 습격한다. 반군은 저항하지만 프레스턴 일당의 월등한 전투력을 당해 내지 못한다. 저항 세력은 전원 사살당하고, 그들이 은밀한 공간에 숨겨 두었던 예술품들은 그 자리에서 화염방사기로 모두 소각당하고 만다.

무사히 진압 작전을 마치고 돌아온 뒤 프레스턴은 동료인 파트리지를 찾아간다. 진압 현장에서 수거한 물품을 파트리지가 담당 부서에 제출하지 않았다는 사실을 알았기 때문이다. 프레스턴이 찾아갔을 때 파트리지는 현장에서 수거하고 제출하지 않은 예이츠의 시집을 읽고 있었다. 당연히 해서는 안 되는 행동이다. 프레스턴이 권총을 뽑아 들지만 파트리지는 태연하게 시집을 소리 내어 읽는다.

나는 가난하여 가진 것은 오직 꿈뿐이라
내 꿈을 그대 발밑에 깔아 드리니
사뿐히 밟으소서

그대 밟는 것 내 꿈이오니

시 읽기를 마친 파트리지는 프레스턴과 이런 대화를 주고
받는다.

파트리지 : 자네도 꿈을 꾸지?

프레스턴 : 어떻게든 가볍게 처벌받도록 해 보지.

파트리지 : 그들이 가볍게 처벌하는 걸 봤나?

프레스턴 : 그렇다면 유감이군.

파트리지 : 그럴 리가, 뜻도 모르는데 뭐가 유감이지? 껍데기만
남은 말이야. 느껴본 적도 없는 감정이지. 모르겠나? 사라졌어.
우릴 우리답게 해 주는 모든 걸 없애 버렸지.

프레스턴 : 대신 전쟁이 없잖아. 살인도.

파트리지 : 우리가 하는 건 뭔데?

프레스턴 : 틀렸어. 나와 함께 일하며 그 심각성을 봤잖아.
그 시기심, 그 분노.

파트리지 : 대가가 컸어. 기꺼이 치르지.

클레릭들은 철저하게 훈련받고 철저하게 세뇌된 요원들이
다. 누구보다 충성심이 높아야 하고, 당연히 어떤 경우에도

아무런 감정의 흔들림이 없어야 한다. 하지만 파트리지는 어떤 계기가 작용했는지 몰라도 인간의 감정을 갖고 있다. 아마도 프로지움 약물 주입을 중단했을 것이다. 설득에 실패한 프레스턴은 방아쇠를 당긴다. 동료의 죽음에 대한 안타까움 같은 건 없다.

파트리지를 죽이고 돌아온 날 밤 프레스턴의 머릿속으로 파트리지가 읊던 예이츠의 시 구절이 파고든다. 그러면서 4년 전에 감정유발죄로 체포되어 처형당했던 아내의 마지막 모습까지 딸려 나온다. 혼란스러운 밤을 보낸 다음 날 아침에는 투여해야 할 프로지움이 든 약병을 실수로 깨뜨리는 일이 벌어진다. 냉혹해야 할 클레릭의 인간적인 감정을 끌어내는 매개체로 감독이 선택한 건 예이츠의 시였다. 몇 줄의 시가 가진 힘의 파장이 이어지면서 결국 나중에는 프레스턴에게 인간적인 감정을 회복시킨다.

영화에서 인용한 예이츠의 시는 「하늘의 천(He wishes for the Cloths of Heaven)」의 뒷부분이다. 어디서 많이 본 듯한 구절과 겹쳐지지 않는가? 김소월 시인의 대표작 「진달래꽃」의 시상과 전개 방식이 흡사하다는 걸 쉽게 눈치챌 수 있다. 어떻게 된 일일까?

김소월의 「진달래꽃」이 예이츠의 시에서 기본 구조를 차용해 왔다는 건 오래전부터 연구자들이 밝혀 놓은 사실이다. 에이츠의 이 작품은 김소월의 스승인 김억이 번역하여 1918 년 『태서문예신보』에 실었다가 1921년에 발간한 우리나라 최초의 번역시집인 『오뇌의 무도』에 수록했다. 김소월이 「진달래꽃」을 발표한 게 1922년이니 그 전에 에이츠의 시를 보았으리란 건 충분히 짐작 가능한 일이다. 다만 꿈이 아닌 진달래꽃을 깔아 놓는다는 식으로 창조적 변용을 가한, 새로운 작품으로 보아야 한다는 게 일반적인 견해다.

내가 영화에 인용된 시들을 찾아본 바로는 다른 어떤 시인보다 에이츠의 시가 많은 비율을 차지하고 있다. 그만큼 에이츠의 시가 대중들에게 널리 읽히고 사랑받고 있다는 걸 알려준다. 그중에서도 「하늘의 천」(역자에 따라 '천사의 옷감' 등 다양한 제목으로 번역되어 있다)은 여러 영화에 등장하는데, 〈업사이드〉(2017)와 〈84번가의 연인〉(1987)을 비롯해 황당무계한 내용의 B급 만화를 원작으로 한 우리나라 영화 〈다세포소녀〉(2006)에서도 가난을 등에 업은 소녀가 이 시를 읽는 장면이 나온다.

프레스턴이 자신이 체포해서 수감시킨 감정유발자 여인 메리 오브라이언을 찾아가 심문하는 장면이 있다. 그 자리에서 오브라이언은 프레스턴에게 왜 사느냐는 질문을 던진다.

"내가 사는 목적은 이 위대한 사회가 계속 존재하게 지키는 거다."

대답과 함께 그렇다면 당신은 왜 사느냐고 되묻는다. 이에 대해 오브라이언은 이런 답을 내놓는다.

"느끼기 위해. 해 본 적 없으니 모르겠지. 하지만 숨 쉬는 것만큼 중요해. 감정 없이는, 사랑 없이는, 분노 없이는, 슬픔 없이는 숨 쉬는 건 시간 죽이기에 불과해."

오브라이언은 프레스턴이 죽였던 동료 파트리지의 연인이었다. 약물 주입을 중단한 프레스턴은 오브라이언의 처형을 막아보려 애썼으나 실패하고, 지하 반군의 우두머리를 만나 현 권력 집단의 수령을 처단하고 정상적인 사회를 되찾기로 약속한다.

영화는 몇 번의 위기와 반전을 거치기는 하나 뻔히 예정된 결말을 향해 간다. 그 과정의 허술함을 앞서 말했던 화려한 건 카타 액션으로 메꾼다. 하지만 건 카타의 화려한 몸놀림보다 주목해야 할 건 예이츠의 시이고, 감정유발자들이 목숨을 걸어가면서까지 집안 곳곳에 숨겨두었던 예술품, 그리고 인간이 인간에게 느끼는 감정들이다.

위기에 빠진 프레스턴을 어린 아들이 구해 주는 장면이 나오는데, 알고 보니 아들은 오래전부터 약을 끊고도 아닌 척해 왔다. 프레스턴이 언제부터 약을 끊었냐고 묻자 아들은 엄마 가 죽은 다음부터라고 대답한다. 가장 가까운 이의 죽음이 그 동안 억눌려 있던 감정 세포를 일깨운 것이다.

〈이퀄리브리엄〉과 비슷한 영화가 있다. 드레이크 도레무 스 감독이 연출한 〈이퀄스〉(2015)다. 스스로 선진국이라 부르는 이 나라에서는 감정을 제거한 사람을 '이퀄'이라 부르고 그렇지 않은 사람은 결함인이라 칭한다. 검사를 통해 감정 통제 오류 증상이 발견된 결함인들은 강제로 격리당해 치료를 받아야 한다. 또한 누구든 감정을 지니고 있다고 의심되는 사람을 발견하면 안전부에 신고해야 한다. 강제 격리소로 끌려갈 처지에 놓인 사람들이 자살하는 사건이 종종 발견되는데, 격리소에 들어가서 살아 돌아온 사람이 거의 없기도 하고, 강제 치료를 당해 감정을 다시 잃는 것을 두려워하기 때문이다.

이곳에서는 남녀 간의 신체 접촉을 철저히 금지하며 사랑은 인류를 위협하는 질병으로 취급된다. 종족 유지를 위한 출산은 적령기 여성을 상대로 의무 임신이라 부르는 시험관 임신으로 해결한다.

영화에는 감정 통제 오류에 빠진 두 남녀 사일러스(니콜라스 홀트)와 니아(크리스틴 스튜어트)가 등장하고 두 사람은 사랑하는 사이가 된다. 그러면서 언제 강제 격리소로 끌려갈지 몰라 두려워한다. 서로 사랑을 나누던 두 사람이 이런 대화를 하는 장면이 나온다.

> 니아 : 좋아하는 과목은?
>
> 사일러스 : 난 역사. 넌?
>
> 니아 : 난 글쓰기.
>
> 사일러스 : 무슨 글 많이 썼어?
>
> 니아 : 시 쓰는 거 좋아했어.

시 쓰는 걸 좋아했던 여학생이 감정 통제 오류에 빠지는 건 당연한 수순일 텐데, 그만큼 시가 감정 표현의 기초 수단이라는 사실을 감독도 충분히 알고 있었음에 틀림없다. 두 영화는 단순한 질문을 던지고 당연한 답을 제시한다. 인간은 감정 없이 존재할 수 없다는 것, 감정이 인간을 인간답게 만드는 요소라는 것. 누구나 알고 있는 사실이고, 이런 기본 전제를 부정할 사람은 없다.

감정을 완벽히 통제할 수 있는 치료제가 개발되어 실험에 성공했다는 뉴스를 들은 두 사람은 고민에 빠진다. 치료제 주사를 맞으면 자신들이 속한 사회에서 아무런 문제 없이 살아갈 수 있다. 하지만 그렇게 되면 두 사람 사이의 사랑도 끝난다.

"이 감정을 기억할 순 있겠지. 기억만 남고 사랑은 못 느끼는 거야. '우리'는 없어지는 거라고."
"그건 아냐. 아직 끝나지 않았어. 치료하지 말자."

사랑의 유지를 위해 치료를 포기하겠다는 의사를 확인한 두 사람은 손을 꼭 잡고 감정 통제가 없는 이웃 나라로 도망갈 계획을 세운다. 두 사람의 앞날은 어떻게 될까? 결말은 비극 쪽으로 흐르지만 탈출의 성공 여부는 중요하지 않다. 사랑하는 감정을 잃지 않기 위해 분투하는 과정을 통해 인간의 존재 조건을 고민하도록 하는 것, 그게 이 영화의 핵심이다.

미래 사회가 어떻게 될지는 아무도 모른다. 인공지능 AI가 중심이 되는 미래 사회의 모습은 과연 어떠할지에 대한 질문도 가능할 테고, 로봇 인간이 실제 인간을 대체하는 세상을 그린 영화도 많이 나와 있다. 심지어 감정을 장착한 로봇의 존재가 가능하다는 얘기도 한다. 이미 AI가 쓴 시와 소설이 나오고 있는 상황이다.

감정을 없애는 게 아니라 적절히 통제하고 조절하는, 그래서 아름다운 감정만 존재하도록 하는 것도 가능하지 않을까? 하지만 인간의 감정은 복합적이고, 그만큼 모순으로 가득 차 있다. 예술 또한 그런 모순을 기본 질료로 삼는다. 물론 그런 모순된 감정마저 기계와 로봇이 갖지 말라는 법도 없긴 하다. 하기야 그런 세상까지 상상하고 그려 보는 것도 예술이 하는 역할이기는 할 것이다.

같은 시,

다른 맥락

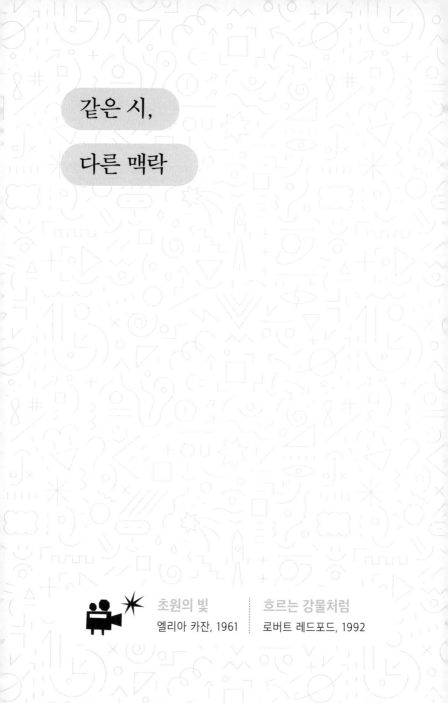

초원의 빛
엘리아 카잔, 1961

흐르는 강물처럼
로버트 레드포드, 1992

요즘은 거의 사라져 버린 옛날 학용품 중에 책받침이 있었다. 다들 책받침이라는 말을 썼지만 용도에 맞게 표현하자면 공책받침이라고 해야 마땅한 물건이다. 연필과 공책의 질이 좋아지면서 지금은 책받침이라는 물건 자체가 거의 사라졌다. 책받침에는 다양한 그림이나 문양이 새겨져 있었는데, 가장 인기가 좋았던 건 역시나 당대 스타들의 사진을 새긴 거였다. 그중에는 여학생들의 감수성에 맞춘 시를 새긴 것들도 있었는데, 영국 시인 윌리엄 워즈워스(1770~1850)의 「초원의 빛」이 인기가 좋았던 걸로 기억한다.

영화 〈초원의 빛〉은 1961년도 작품이다. 다음 해에 바로 국내에 수입되어 큰 인기를 끌었고, 1972년에 다시 한 번 개봉했다. 그 후로도 종종 변두리 재개봉관에서 상영을 했고, 텔레비전의 《명화극장》 같은 프로에서도 방영해서 〈초원의 빛〉을 모르는 사람이 거의 없을 정도였다. 책받침이나 공책에 워즈워스의 시가 실리게 된 건 그런 영향 때문이었다. 당시에는 누가 번역했는지 몰라도 대체로 다음과 같이 되어 있었다.

여기 적힌 먹빛이 희미해질수록

그대를 향한 마음 희미해진다면

이 먹빛이 하얗게 마르는 날

나는 그대를 잊을 수 있겠습니다.

초원의 빛이여!

꽃의 영광이여!

다시는 돌아갈 수 없다 해도 서러워 말지어다.

차라리 그 속 깊이 간직한 오묘한 세월을 찾으소서.

약간의 의역이 들어가 있는 번역인데, '여기 적힌 먹빛이 희미해질수록' 같은 표현이 매력적인 데다 '초원의 빛이여! 꽃의 영광이여!'처럼 호격을 사용해서 독자들의 마음 문을 세차게 두들겼다. 당시 청춘들의 연애편지에도 '초원의 빛'에 나오는 구절이 꽤나 인용되었을 만큼, 외국시로서는 이례적일 정도로 인기를 끌었다. 그러다 보니 이 시가 한 편의 독자적인 작품인 걸로 오해되곤 하는데, 실은 208행에 이르는 장시 「송가: 유년 시절의 회상에서 얻은 영혼 불멸의 암시(Ode: Intimations of Immortality from Recollections of Early

Childhood)」의 일부분으로 11연 중 10연에 나오는 구절이다.

영화에서는 고등학교 문학 시간에 교사가 해당 시를 가르친다. 교사가 낭송한 후 학생들에게 '이 구절을 통해 시인이 말하고자 하는 바는 무엇일까요?'와 같은 식으로 질문을 던진다. 우리나라 교실에서도 쉽게 볼 수 있는 장면이다. 자막에 나오는 시 구절은 이렇다.

> 한때 그처럼 찬란했던 광채가
> 이제 눈앞에서 영원히 사라졌다 한들 어떠랴.
> 초원의 빛, 꽃의 영광
> 그 시간들을 다시 불러올 수 없다 한들 어떠랴.
> 우리는 슬퍼하지 않으리, 오히려
> 뒤에 남은 것에서 힘을 찾으리라.

아무도 대답을 안 하자 교사는 디니(나탈리 우드)에게 대답해 보라고 한다. 하지만 디니는 그동안 사귀고 있던 버드(웨렌 비티)와 사이가 벌어져서 온통 그 생각뿐이었다. 질문에 대한 이해는커녕 무엇에 대해 배우고 있는지조차 모른다고 하자 화가 난 교사는 교과서에서 해당 부분을 읽고 답해 보라고 한다. 시를 읽고 난 디니는 울먹이는 목소리로 말한다.

우리는 어릴 때 세상을 이상주의적으로 바라보곤 하죠, 아마
도. 제 생각에 워즈워스는 우리가 자라면서 어린 시절의 이상
을 떠나보내야 한다는 것과, 힘을 찾으라는 것을….

채 말을 잇지 못하던 디니는 죄송하다는 말을 남기고 교실
을 뛰쳐나간다. 시를 읽으며 버드와 이별할 수밖에 없다는 사
실을 떠올려서 그랬을 것이다.

디니와 버드 사이에 틈이 벌어진 건 둘이 서로에게 원하는
게 달라서이기도 했지만 고루한 생각을 가진 부모들 때문이
기도 했다. 디니의 엄마는 틈만 나면 디니에게 순결의 중요성
을 강조했고, 버드의 아버지는 농장 일을 하고 싶다는 버드에
게 예일대 진학만을 강요했다. 양쪽 부모 모두 자녀가 독립된
인격을 가진 존재라는 걸 인정하지 못했다. 그렇다 할지라도
디니와 버드가 부모에 대한 순종 대신 자신들의 길을 주체적
으로 개척해 가면 좋았겠지만, 영화의 배경이 된 시대가 1920
년대라는 걸 감안할 필요가 있다. 부모의 권위가 지금보다 훨
씬 강하게 작동하던 때였다. 남자는 용맹해야 하고 여자는 정
숙해야 한다는 관념도 강했다.

둘 사이가 완전히 파탄 지경에 이른 다음 예일대로 간 버드
는 낙제를 계속하고, 디니는 정신분열증으로 병원에 장기간

입원해야 했다. 병원 안에서 생활하는 동안 디니는 존이라는 청년에게 청혼을 받아 그쪽으로 마음이 기울어진 상태다. 하지만 여전히 마음 한편에는 버드가 자리잡고 있다. 디니의 엄마는 그런 딸이 걱정스럽다.

병원에서 나온 디니는 친구들과 함께 버드를 만나러 간다. 자기 마음을 최종 확인하러 가는 셈인데, 가는 동안 친구들은 버드에 대해 아무런 정보도 말해 주지 않는다. 그 사이에 버드의 아버지는 사업에 실패해 자살했고, 버드는 아버지가 운영하던 농장에서 일하고 있었다. 버드를 발견하고 웃으며 반갑게 뛰어가는 디니. 하지만 버드의 표정은 그다지 밝지 않고 어색하기만 하다. 디니는 알지 못했지만 버드는 이미 결혼해서 아이까지 두었다.

"우리 가족이랑 인사할래?"

버드의 말에 디니는 당황스러운 표정을 짓는다. 집안으로 들어가서 버드의 아내 안젤리나와 인사를 나누고, 이미 아이도 있다는 사실과 둘째를 임신 중이라는 말도 듣는다. 돌아나오며 디니는 버드에게 행복하냐고 묻고 버드는 그런 것 같다고 대답한다. 디니도 곧 결혼할 거라는 소식을 전하며 이어지는 두 사람의 대화를 잠시 따라가 보자.

"가끔 인생은 참 이상하게 풀리지. 안 그래, 디니?"

"응, 그러네."

"네가 아주 행복했으면 좋겠다."

"나도 너처럼, 버드, 행복에 대해 많이 생각하지 않아."

"무슨 의미가 있겠어. 주어지는 대로 사는 거지."

"맞아."

사랑의 열병을 앓고 지나온, 이제는 남남이 된 사람들이라고는 해도 참 쓸쓸하게 다가오는 대화다. 더 이상 나눌 얘기도, 확인할 것도 없는 두 사람은 이내 작별 인사를 나눈다. 두 사람의 빛나던 청춘 시절은 그렇게 끝났다. 이제는 각자 생활인이 되어 의미 대신 주어지는 대로 사는 시간만 남은 셈이다. 돌아오는 차 안에서 친구가 아직도 버드를 사랑하느냐고 묻지만 디니는 아무런 대답을 하지 않는다. 대신 워즈워스의 시가 내레이션으로 흘러나오면서 영화는 끝을 맺는다.

같은 시를 인용한 다른 영화는 어떨까? 〈흐르는 강물처럼〉은 1920년대 미국 몬태나 주의 작은 마을을 배경으로 하고 있다. 장로교 목사인 리버런드 맥클레인에게는 노먼(크레이그 셰퍼)과 폴(브래드 피트) 두 아들이 있다. 엄격한 규율을 중시하고 신앙에 충실한 종교인인 리버런드는 두 아들이 어렸을 적부터 블랙풋 강가에 데리고 나가 플라잉 낚시로 송어잡이 하는 걸 가르쳤다.

형제는 우애가 좋았지만 성격은 판이했다. 큰아들 노먼은 주어진 삶에 충실하고 기존의 가치를 그대로 따르는 반면, 작은아들 폴은 자신만의 세계를 추구하며 자유분방한 삶을 즐긴다. 고집이 센 데다 모험을 좋아하고 위험도 두려워하지 않는 스타일이다. 노먼이 보수적이라면 폴은 진취적이라는 측면에서 미국을 떠받쳐 온 두 개의 큰 기둥을 각각 상징한다고 해석하는 사람도 있다. 충분히 일리 있는 해석이라고 생각한다. 노먼이 도시로 나가 대학에서 문학을 전공하고 학위를 받을 동안 폴은 고향에서 기자 생활을 한다.

노먼이 우체부로부터 시카고대학 강사로 와 달라는 편지를 받고 집 안으로 들어왔을 때 서재에서 아버지가 워즈워스의 시를 읽고 있는 소리가 들린다. 서재 앞으로 다가간 노먼은 아버지와 번갈아 가며 시를 암송하고 마지막 행은 아버지와 한목소리로 낭송한다.

그 별은 어디론가 졌지만
망각하지도 않았고 벌거숭이가 되지도 않았다.

영광의 구름을 따라간다.

하나님은 우리의 고향

무엇으로도 초원의 빛나는 시간을 되돌릴 수 없고

꽃의 영광도 없지만 슬퍼하지 않으리라.

오히려 남은 것에서 힘을 찾으리라.

영속하는 본원적 공감에서

인간의 고통 속에서 솟아나서

마음을 달래 주는 생각에서

죽음을 꿰뚫어 보는 믿음에서

우리가 따르며 사는 인간의 마음 덕분에

애정, 기쁨, 두려움 덕분에

나에게 나부끼는 초라한 꽃은

눈물이 흐를 정도로 깊은 사색을 선사한다.

시 낭송을 마치고 두 사람은 말없이 미소만 주고받는다. 마음이 통했으면 그 이상의 말은 필요 없는 법이다. 아버지가 살아온 삶의 방식과 태도를 노먼이 계승하게 되리란 걸 암시하는 대목으로 읽히기도 한다.

지식과 교양을 갖춘 인간. 참 아름답고 멋져 보이는 인간상이기는 하다. 하지만 그런 인간상이 가진 한계도 생각해 볼 필

요가 있지 않을까? 기존의 가치를 숭상하고 그에 맞춰 살아가는 것도 가치 있는 삶이긴 하지만 그건 안정 내지는 안주라는 말을 떠올리게 한다. 당연히 보수적인 가치관에 따른 삶이다. 그런 태도에서는 변화와 역동의 힘 같은 걸 찾아내기 어렵다.

〈초원의 빛〉에서는 이 시가 청춘 남녀의 사랑과 이별, 거기서 파생되는 감정을 설명하고 뒷받침하기 위한 용도로 사용됐다면, 〈흐르는 강물처럼〉에서는 삶이라는 시간을 통찰하는 과정에서 얻어지는 경건함과 종교성을 더 주목하게 한다. 시의 후반부에 나오는 구절들이 그런 역할을 담당하고 있다. 같은 시가 이처럼 상황과 독자에 따라 다른 의미로 수용될 수도 있다는 것, 그게 시가 가진 특징이자 매력 중의 하나다.

〈흐르는 강물처럼〉에서 폴은 낚싯줄을 휘두를 때 아버지가 가르쳐 준 대로 하지 않고, 자기만의 방식을 찾기 위해 애를 쓰며 끝내 자신만의 고유한 리듬감을 체득한다. 독창적인 예술가의 경지에 올랐다고나 할까? 형 노먼은 그런 동생의 모습을 보며 감탄하고 경의를 표한다. 폴이 남들이 어울리기 꺼려하는 인디언 여자를 데리고 바에 가서 도발적인 춤을 추는 건 남의 이목보다 자신의 감정을 중시하는 태도다.

시를 쓰는 것도 마찬가지라고 생각한다. 폴은 비록 뜻하지 않게 이른 죽음을 맞지만 내가 보기에 그의 삶은 시적이었다.

남들이 이미 구축해 놓은 세계관 속으로 들어가서 그대로 따라 하는 건 아무래도 예술가의 태도가 아니다. 스스로 자기 삶의 빛깔을 만들어 가는 것, 그게 비록 파멸로 이어지더라도 거기서 기존에 없던 새로운 의미를 발견할 수 있다.

폴이 죽고 시간이 한참 흐른 뒤에 아버지는 폴이 아름다운 아이였다고 말한다. 노먼이 시인이 되지 않고 문학을 가르치는 교수가 되는 것도 그런 맥락에서 생각해 보면 이해할 만하다. 문학은 가르치는 게 아니라 스스로 하는 것이며, 그건 자기만의 리듬을 만들어 내는 일이기도 하다. 그게 생의 리듬이든, 시의 리듬이든!

바람이

데려다 주는 곳은

어디일까?

바람이 우리를 데려다 주리라
압바스 키아로스타미, 1999

이란 영화라고 할 때 사람들이 가장 먼저 떠올리는 인물은 압바스 키아로스타미 감독일 것이다. 〈내 친구의 집은 어디인가〉, 〈올리브 나무 사이로〉 같은 작품을 통해 국제 영화계에서 거장이라는 찬사를 받고 국내에도 마니아층을 형성하고 있긴 하지만 대중적인 영화를 만드는 사람은 아니다. 그러다 보니 간혹 예술영화 전문관에서나 상영되었을 뿐이어서 정작 그의 영화를 본 사람들은 많지 않다. 그의 영화는 대체로 느리고 지루하다. 극적 사건이랄 만한 것도 잘 나오지 않는다. 그래도 그의 영화에 빠진 사람들은 경탄의 말을 아끼지 않는다. 한 편의 시를 본 것 같다는 평이 자주 나오는 감독이기도 하다.

〈바람이 우리를 데려다 주리라〉는 이란의 여성 시인 포루그 파로흐자드(1934~1967)의 시 제목을 그대로 가져왔으며, 영화 속에도 그녀의 시가 나온다. 파로흐자드는 서른둘이라는 짧은 생을 살다 갔지만 이란 시단에 상당한 영향을 끼친 시인 중의 한 명이다.

파로흐자드는 열여섯 살에 자신보다 열다섯 살 많은 남자와 결혼했다가 3년 만에 이혼한다. 가정의 속박에서 벗어나기 위해 이른 나이에 결혼했지만 결혼이 출구가 될 수 없다는 것도 분명했다. 이후 이슬람 문화의 중심지인 이란에서 '이혼녀'라는 꼬리표를 달고 시인으로 활동하는 게 얼마나 버거웠을지 짐작하는 건 어렵지 않다.

하지만 그녀는 늘 활달했고, 용감했다. 어릴 적부터 자유로운 영혼을 타고난 그녀는 이혼 후 신경쇠약으로 한때 정신병원에 입원하기도 했지만 9개월간의 유럽 여행을 다녀와서 다시 기운을 차린다. 그녀가 생전에 펴낸 시집은 모두 다섯 권인데, 시집 제목은 각각 『포로』, 『벽』, 『저항』, 『또 다른 탄생』, 『추운 계절의 시작을 믿어 보자』이다. 제목들만 봐도 그녀가 여성에 대해 억압적인 이란 사회에서 어떤 목소리를 내려 했는지 알 수 있다.

이란의 많은 예술가들이 그랬듯 압바스 키아로스타미도 파로흐자드의 시에 매료되었던 모양이다. 이 영화는 키아로스타미가 그런 파로흐자드에게 바치는 작품이라고 할 만하다. 영화는 베흐저드 도우러니(배역과 본명이 같다) 일행이 검은 계곡이라는 뜻을 지닌 시어다레라는 마을을 찾아가는 것으로 시작한다. 시어다레는 이란의 수도인 테헤란에서 약 700킬로

미터 정도 떨어진 오지 마을로, 풍광이 매우 뛰어나다. 그곳에 사는 사람들은 한결같이 순박한 데다, 안내자 역할을 하는 꼬마 파흐저드의 눈빛은 맑고, 여인들은 출산한 다음 날 바로 집안일을 할 만큼 생활력이 강하다.

베흐저드 일행이 시어다레를 찾은 이유는 그 마을에 사는 100살쯤 된 할머니가 죽게 되면 벌어질 그 마을의 독특한 장례식 장면을 촬영하기 위해서다. 하지만 3일이면 될 줄 알았던 촬영 일정은 할머니가 2주가 넘도록 생존하면서 한없이 늘어지고, 기다림에 지친 일행은 모두 돌아가 버린다.

혼자 하릴없이 마을에서 시간만 죽이던 베흐저드는 우유를 얻기 위해 컬라흐만 씨 집을 찾아간다. 지하에 있는 외양간으로 내려가자 제이납이라는 열여섯 살짜리 소녀가 우유를 짜 주는데, 베흐저드는 우유를 짜는 동안 심심하지 않게 해 주겠다며 파로흐자드의 시를 들려준다.

나의 집에 오신다면

상냥한 이여, 등불과 함께

행복한 거리의 사람들을 볼 수 있는

창문을 가져다주오.

이 구절은「선물」이라는 시의 한 대목이다. 이어서 영화의 제목으로 삼은「바람이 우리를 데려다 주리라」라는 시를 읊는다.

아, 나의 짧은 밤 동안

바람은 잎새를 만나려 한다.

나의 밤은 통렬한 아픔으로 가득하니

들어라!

그림자의 속삭임이 들리는가?

이런 행복은 내게 낯설구나.

난 절망에 익숙해 있으니

들어라!

그림자의 속삭임이 들리는가?

저 어둠 속엔 무슨 일인가?

달은 붉고 수심에 차

언제 무너질지 모를 지붕에 매달렸다.

구름은 비탄에 잠긴 여인들처럼

비의 탄생을 기다리는구나.

한순간이면 모든 것이 끝나니

창문 너머로 밤은 떨고 있구나.

지구는 자전을 멈추었구나.

창문 너머로 낯선 이가

그대와 나를 걱정하고 있으니

푸르른 그대여

그대의 손 그 불타는 기억들을

내 부드러운 손 위에 얹고

생명의 온기로 충만한 그대 입술을

내 갈망하는 입술에 맡기라.

바람이 우리를 데려다 주리라.

바람이 우리를 데려다 주리라.

시를 들은 소녀는 시인이 학교를 얼마나 다녔는지 묻고, 베흐저드는 4, 5년 정도 다녔을 거라고 말한다. 그러면서 "시를 쓰는 건 학교 공부와 상관없어요. 재능만 있다면 당신도 쓸 수 있죠"라는 말을 덧붙인다. 소녀가 5년 동안 학교에 다녔다는 말에 대한 화답이기도 하다. 하지만 기록에 따르면 파로흐자드는 9년 동안 학교 공부를 했으며 잠시 기술학교에도 다녔다.

감독은 왜 우유 짜는 소녀에게 사랑을 갈구하는 내용의 시를 들려주도록 했을까? 마침 소녀는 파로흐자드가 결혼하던 나이와 똑같고, 역시 한참 연상의 애인이 있다. 소녀도 파로흐자드처럼 좁은 마을을 벗어나 새로운 세상에 눈뜨도록 하고 싶었을까? 지하 외양간은 등불이 없으면 한 치 앞도 보이지 않을 만큼 캄캄하다. 암흑 같은 곳에서 우유를 짜는 소녀에게 바깥세상의 빛을 보여 주고 싶었을 수 있다. 누구나 파로흐자드처럼 될 수 없다는 건 자명하다. 하지만 그런 걸 떠나 단순히 그런 여성 시인도 있다는 걸 알려 주고 싶었는지도 모르겠다.

소녀의 앞날이 어떻게 될지는 아무도 모른다. '바람이 우리를 데려다 주리라'라는 시구처럼 바람이 인도하는 대로 따라가는 것, 그게 인생의 전부일 수도 있다. 다만 바람처럼 자연스럽게 찾아드는 감정을 배반하지 말라는 것 또한 중요한 전언일 수는 있겠다.

파로흐자드가 이혼 후 활발하게 작품 활동을 할 때 깊은 관계를 맺은 남자가 있었다는 사실이 오랜 세월이 흐른 후 밝혀졌다. 상대는 유명한 영화 제작자인 에브라힘 골레스탄이다. 영화에 관심이 많던 파로흐자드는 골레스탄이 운영하는 스튜디오에 일자리를 얻었고, 스스로 〈검은 집〉이라는 제목의 다큐멘터리 영화도 만들었다. 그런 과정 속에서 두 사람은 곧 사랑하는 사이로 발전했다. 하지만 골레스탄은 결혼해서 자녀까지 두고 있던 상황이어서 공개적인 연애를 할 수는 없었다. 파로흐자드가 죽고 몇 년 뒤 골레스탄은 팔레비 국왕의 독재를 피해 영국으로 가서 다시는 고국으로 돌아가지 않았다.

골레스탄은 파로흐자드가 죽은 지 50년이 지난 뒤에 파로흐자드가 자신에게 보낸 편지들을 공개했다. 그중 한 편에는 이런 내용이 담겨 있다.

"당신은 내 인생에서 가장 소중한 사람이자 내가 사랑할 수 있는 단 한 사람이에요. 사랑해요. 당신이 갑자기 사라진다면 나는 어떻게 해야 할지 몰라 두려워할 정도로 당신을 사랑해요. 나에게 그런 일이 생긴다면 나는 텅 빈 우물같이 되어 버릴 거예요."(『뉴시스』 2017. 2. 13)

파로흐자드의 시에 나오는 '그대'가 골레스탄이었을까? 그것까지 알 수는 없는 일이지만 바람이 데려가는 쪽으로 자신의 운명을 맡긴 건 분명해 보인다.

마침내 할머니가 죽음을 맞이하지만 베흐저드는 멀리서 상복을 입은 여인들의 모습을 몇 컷의 사진으로만 담을 뿐 그냥 마을을 떠난다. 베흐저드가 장례식 장면을 포기한 이유는 두 사람과 나눈 대화 때문인 것으로 보인다.

첫 번째 대화는 우연히 차에 태운 그 마을의 교사 사이에서 이루어진다. 베흐저드는 마을 사람들에게 자신이 그 마을을 찾아온 이유를 숨겼지만 교사는 베흐저드가 방문한 이유를 알고 있다. 그러면서 마을에서는 장례 때 여자들이 고인의 죽음에 대해 얼마나 비통한 마음을 갖고 있는지 보여 주기 위해 자신의 얼굴에 줄을 그어 자해하는 풍습이 있다는 걸 말해 준다. 그런 풍습이 생존을 위한 필요 때문에 생기게 됐다는 설명도 덧붙인다. 자신의 아버지가 다니는 공장 사장의 사촌이 죽었을 때 어머니가 통곡을 하며 얼굴에 자해를 했다고 한다. 공장에선 노동자들이 서로 일자리를 지키려는 경쟁이 치열했고, 혹시라도 남편이 공장에서 쫓겨날까 봐 다른 사람보다 더 슬퍼한다는 걸 보여 주기 위해서였다고 한다. 그러면서 당신은 외부 사람이니까 그게 흥미롭겠지만 자신은 괴롭다고 말한다.

두 번째 대화는 할머니를 치료하기 위해 오토바이를 타고 왔던 노의사가 뒤에 베흐저드를 태우고 황금빛 밀밭 사이를 달리는 동안 이루어진다. 영화에서 가장 아름답게 다가오는 풍경을 배경으로 삶과 죽음에 대한 이야기가 오간다. 의사는 질병보다 나쁜 게 죽음이라고 말한다. 베흐저드가 저세상이 더 아름답다고 하는 이들도 있다고 말하자 누가 저세상에 갔다 와서 아름답다고 말한 사람이 있느냐고 되묻는다. 그런 다음 시 한 편을 낭송한다.

그녀는 선녀처럼 아름답다고 하지!
하지만 난
포도즙이 더 좋다네.
꿈같은 약속보다 지금이 좋다네.
저 멀리서 흥겨운 북소리가 들려와도
지금이 좋다네.

마지막 구절은 베흐저드와 함께 읊는다. 지금 이 순간, 현재의 시간에 충실해야 한다는 걸 세상을 오래 산 노의사를 통해 전해 준다.

그렇게 영화는 죽음의 순간을 찾으러 왔다가 현재의 삶이 중요하다는 깨달음을 얻는 쪽으로 방향을 튼다. 외부인이 마을의 장례 의식에 관심을 갖는 건 일종의 관음증에 가까운 것일 수 있다. 마을 사람들의 삶 속에 직접 뛰어들어 본 적도 없고 제대로 이해하려 하지도 않으면서 호기심만 채우려 드는 건 도시인들이 지닌 자기 충족의 욕망에 불과할 수도 있다는 걸 영화는 보여 준다.

마지막에 노의사가 읊은 시는 누구의 작품인지 모른다. 국내에 번역된 파로흐자드의 시집을 살펴봐도 보이지 않는다. 국내에 번역되지 않은 파로흐자드의 작품일 수도 있고, 다른 이란 시인의 작품일 수도 있다.

그런 건 크게 중요하지 않다. 베흐저드가 마을을 떠난 뒤에도 그들의 삶은 계속 이어질 것이고, 바람이 데려다 주는 곳이 어디일지 몰라도 시간이 흐르는 속도에 맞춰 살아갈 것이다. 우유 짜는 소녀가 나중에 시를 쓰게 될지 어떨지 몰라도, 그 또한 중요한 건 아니다.

베흐저드가 소년에게 학교 가는 길을 묻는 장면이 있다. 소년은 이쪽 길과 저쪽 길이 있다고 대답한다. 그러자 베흐저드는 학교가 두 개냐고 다시 묻고, 소년은 그게 아니라 가는 길이 두 개라고 말한다. 길은 하나만 있는 게 아니니, 우리네 삶도 그러할 것이다.

시는

시를 필요로 하는

사람 것이다

일 포스티노
마이클 래드포드, 1994

근세기 들어 가장 위대한 시인이 누구냐고 물으면 사람마다 좋아하는 이름을 대겠지만, 칠레의 민중 시인 파블로 네루다(1904~1973)가 목록에서 빠지지는 않을 것이다. 그만큼 파블로 네루다라는 이름은 세계문학사에서 확고한 명성을 유지하고 있다.

네루다를 이해하려면 칠레의 현대사를 언급하지 않을 수 없다. 칠레뿐만 아니라 남미 대부분의 나라는 수난의 역사를 공유하고 있다. 제국주의에 의한 식민지 시대를 거쳐 독립한 후에도 독재 정권에 시달린 경험이 있기 때문이다. 칠레 역시 마찬가지여서 오랫동안 내전이나 다름없는 혼란을 겪어야 했다. 그런 소용돌이 와중에 네루다라는 위대한 시인이 있었다는 건 칠레 민중들에게 희망과 자부심의 원천이 되었다.

네루다는 사회주의자였고, 당연히 정권의 핍박을 받아 외국을 떠돌아다니는 신세가 되었다. 그러던 중 1950년대에 이탈리아까지 가서 잠시 머물게 되었다. 영화는 네루다가 이탈리아에 머물던 시기를 그리고 있다. 그 무렵 네루다가 이탈리아에 있었다는 건 역사적 사실이지만, 영화에서 보여 주는 상황은 전적으로 허구다. 하지만 허구라고 해서 이야기 자체의 가치가 사라지는 건 아니다.

　이 영화는 칠레의 작가 안토니오 스카르메타가 쓴『네루다의 우편배달부』를 원작으로 삼아 만들었다. 그리고 소설 속의 무대는 이탈리아가 아니라 1970년대 초 칠레의 작은 어촌인 이슬라 네그라로 설정되어 있었다. 그걸 영화로 만들면서 이탈리아의 섬마을로 배경을 바꾸었다. 소설을 쓴 안토니오는 '이 세계에서 자기 자신만의 시적인 언어를 가진다는 것이 얼마나 중요한지를 보여 주고 싶었다'고 말했다.

　'일 포스티노'는 이탈리아어로 우편배달부라는 뜻이다. 이탈리아의 작은 섬에 사는 사람들도 네루다(필립 느와레)가 세계적인 시인이라는 사실을 알 만큼 그의 명성은 높았다. 네루다에게는 세계 여러 나라에서 수많은 편지와 소포가 전해졌고, 네루다의 우편물만을 담당할 임시 배달부가 필요했다. 어부가 되기 싫었던 청년 마리오(마시모 트로이시)가 배달부 모집에 지원하고, 그로부터 네루다와 마리오 사이에 우정이 시작된다.

　네루다와 대화를 하던 마리오는 네루다 입에서 나온 은유라는 낱말을 몰라 그게 무슨 뜻이냐고 묻는다.

"은유란 뭐랄까? 말을 하고자 하는 것을 다른 것과 비교하는
거야."

마리오는 시를 쓸 때도 그러냐면서 예를 들어 달라고 한다.

"예를 들어 하늘이 운다면 그게 무슨 뜻이지?"
"비가 오는 거죠."
"맞았어. 그런 게 은유야."
"그렇군요. 간단하네요."

이런 식으로 마리오는 네루다로부터 조금씩 시에 대해 배
우기 시작하고, 네루다의 시집에 실린 시들을 읽기 시작한다.
하지만 마리오에게 네루다의 시는 어려웠다. 마리오는 네루
다의 시에 나오는 '이발소에서 담배를 피우며 피투성이 살인
을 외친다'라는 구절을 이해하기 힘들다며 설명을 요청한다.
시인은 설명 대신 이렇게 말한다.

"난 내가 쓴 글 이외의 말로 그 시를 표현하지 못하네. 시란
설명하면 진부해지고 말아. 시를 이해하는 가장 좋은 방법은

그 감정을 직접 경험해 보는 것뿐이야."

시는 다른 말로 풀어서 설명할 수 없는 장르라는 것, 그럴 경우 시가 지닌 맛을 제대로 느끼지 못한다는 것, 감정을 직접 경험해 보는 게 최선이라지만 그게 쉬울 리는 없다.

네루다와 만나면서 마리오는 시인이 되고 싶다고 말한다. 마리오가 시인이 되고 싶어 하는 이유는 혹시라도 여자에게 인기를 끌 수 있지 않을까 하는 생각에서였다. 네루다에게 오는 편지 대부분은 여성 독자들에게서 온다는 걸 알고 있었기 때문이다.

마리오는 묻는다.

"어떻게 시인이 되셨어요?"

"해변을 따라 천천히 걸으면서 주위를 감상해 보게."

"그럼 은유를 쓰게 되나요?"

"틀림없을 거야."

그런 다음 네루다는 그 자리에서 마리오에게 자신이 쓴 시를 들려준다.

바다엔 너무도 많은 섬이 있다.

바다는 육지를 넘나들며

좋다고, 아니 싫다고 오지 말라고 말을 한다.

......

그러자 일곱 개 초록 바다의

일곱 개 초록 호랑이의

일곱 개의 초록 헛바닥으로

만지고 키스하며 핥아 주고 가슴을 두드리며

연이어 자신의 이름을 부른다.

시를 들은 마리오는 어떤 느낌을 받았을까?

"모르겠어요. 단어가 왔다 갔다 하는 것 같아요."

"바다처럼 말이지?"

"맞았어요. 바다처럼요."

"그건 운율이라는 거야."

"멀미까지 느꼈어요."

"멀미?"

"마치 배가 단어들로 이리저리 튕겨지는 느낌이었어요."

"배가 단어들로 튕겨진다고?"

"네."

"방금 자네가 한 말이 뭔지 아나, 마리오?"

"아뇨. 뭐라고 했는데요?"

"그게 은유야."

마리오는 네루다가 말한 대로 해변을 거닐며 시를 써 보려고 하지만 마음대로 되지 않는다. 그러다가 주점에 들렀을 때 거기서 일하는 매혹적인 여인 베아트리체를 만나게 되고 한순간에 마음을 빼앗긴다. 수줍은 마리오는 겨우 이름만 물어보았을 뿐 말 한마디 제대로 건네지 못한다. 그러고는 네루다에게 와서 그녀를 위해 시 한 편을 써 달라고 요청한다. 어이없는 부탁에 네루다는 화를 내며 이렇게 말한다.

"난 누군지도 모르는데. 시인은 영감의 대상을 알 필요가 있다네. 무에서 유를 창조할 순 없는 거야."

당연한 말이었지만 마리오는 그런 네루다에게 시 한 편도 쓰지 못하면 어떻게 노벨상을 받겠냐며 비아냥대고 돌아선다. 베아트리체를 향해 달려가는 마음을 어떻게 해야 할까? 네루다의 도움을 받지 못한 마리오는 직접 부딪치기로 한다.

"베아트리체, 당신의 미소가 나비 날개처럼 펼쳐집니다."

주점을 찾아간 마리오는 네루다의 시에 나오는 구절을 인용해서 베아트리체의 마음을 얻으려고 한다. 만날 때마다 그런 식으로 네루다의 시를 이용해서 베아트리체의 환심을 사게 되는데, 그런 사실을 알게 된 네루다가 자신의 아내를 위해 쓴 시를 베아트리체에게 주었다며 화를 낸다. 마리오의 대답은 이렇다.

"시란 시를 쓴 사람의 것이 아니라 그 시를 필요로 하는 사람의 것입니다."

영화에서 내가 가장 깊은 인상을 받았던 대사다. 마리오의 말은 당돌했지만, 시의 효용성을 직설적으로 전달하고 있다. 독자가 없다면 시가 존재할 이유가 무엇일까? 시가 시인의 손을 떠나면 그때부터는 독자들의 것이라고 많은 시인들이 말해 왔다. 시를 읽고 누리는 건 독자들이라는 사실을 부정할 수 없다. 그래서 네루다도 마리오의 말에 반박하지 않는다.

하나 더 인상적인 장면을 꼽으라면 네루다가 시를 쓰다 마리오에게 고기잡이 그물을 묘사할 형용사를 말해 달라고 하는 장면이다. 마리오는 "서글퍼요"라는 대답을 건넸고, 네루다는 그 말을 받아 '난 서글픈 그물을 당겼다'라고 쓴다. 마리오가 사는 섬마을은 대부분의 주민이 고기잡이를 하며 살아간다. 마리오의 아버지 역시 어부였으며, 힘들게 잡은 물고기는 싼값으로 팔려 나간다. 그런 모습을 보며 자란 마리오가 그물에게서 서글픔이라는 감정을 끌어내는 건 너무나 자연스러운 일이다. 시의 언어와 묘사가 현실감을 얻기 위해서는 어떠해야 하는지를 잘 보여 주는 장면이라고 하겠다.

네루다의 도움을 얻어 마리오는 베아트리체와 결혼을 하게 되고, 네루다도 칠레 정부의 체포 영장이 기각되어 고국으로 돌아간다. 여기까지는 행복하고 훈훈한 이야기다. 칠레로 돌아간 네루다는 바쁜 나날을 보내며 마리오의 존재를 기억 속에서 밀어 버린다. 꼭 편지 하겠노라던 약속도 지키지 않고, 비서를 통해 섬에 두고 온 물건을 부쳐 달라는 사무적인 편지만 보냈을 뿐이다. 마리오의 아내와 장모는 그런 네루다를 비난하지만 마리오는 그래도 네루다에 대한 존경심을 버리지 않는다.

몇 년 후 네루다는 자신이 머물던 섬을 찾고, 거기서 마리오의 아들을 보게 된다. 하지만 마리오는 이 세상 사람이 아니다. 마리오는 네루다에게 섬의 아름다움을 알려줄 소리들을 찾아 녹음했다. 파도 소리, 바람 소리, 그물 끌어 올리는 소리, 교회 종소리, 파블리토라 이름 지은 아내 배 속에 있는 태아의 심장 소리를 차례로 녹음했으나 네루다에게 보내지 못한 상태에서 죽음을 맞는다.

너무 늦게 찾아온 네루다에게 베아트리체는 마리오의 죽음에 대한 소식과 녹음기에 담긴 마리오의 육성, 그리고 그가 담은 섬의 소리를 전한다.

IL POSTINO

파블로 선생님께⋯. 전 마리오입니다. 절 기억하시는지 모르겠습니다. 전에 선생님 친구분들께 우리 섬의 아름다움에 대해 말해 보라고 한 적이 있었죠. 전 그때 아무 말도 하지 못했어요. 지금은 알 것 같아 이 테이프를 보냅니다. 들어 보고 괜찮으면 친구분들께 들려주세요. 별로라고 생각되시면 선생님 혼자 들으시고요. 이걸 들으면 저와 이탈리아가 생각나실 겁니다.

전 선생님이 모든 아름다움을 갖고 가신 줄 알았습니다. 하지만 이제 보니 저를 위해 남기신 것이 있는 걸 알겠어요. 제가 시를 썼다는 것도 말씀드리고 싶습니다. 하지만 읽어 드리진 않겠어요. 창피하니까요. 제목은 '파블로 네루다께 바치는 노래'. 내용은 바다에 관한 것이지만 선생님께 바치는 시입니다. 선생님을 만나지 못했다면 전 이 시를 쓰지 못했겠죠. 전 이 시를 대중 앞에서 읽게 되었습니다. 비록 목소리는 떨리겠지만 전 행복할 겁니다. 제가 선생님 이름을 부르면 관중은 환호를 하겠지요.

마리오는 아들이 태어나기 며칠 전에 사회주의자들의 시위에 참여하는데, 거기서 자신이 쓴 시를 읽기로 되어 있었다. 마리오가 연단으로 향하던 중 진압대가 출동해서 무자비한 진압을 하기 시작하고, 그 와중에 그만 목숨을 잃고 만다.

네루다는 바닷가를 거닐며 마리오를 추억한다. 마리오가

녹음한 소리들은 그 자체로 위대한 시였다. 인간의 언어가 아무리 섬세하고 아름답다 한들 자연의 소리를 따라갈 수 있겠는가. 시인들이 시를 쓰며 자주 절망에 빠지는 건 인간의 언어가 가진 한계를 잘 알기 때문일 터이다.

네루다가 바닷가를 거닐며 마리오의 최후를 생각하는 동안 네루다의 대표작 중 하나인 「시」의 앞부분이 자막으로 펼쳐지며 영화는 끝난다. 번역은 매끄럽지 않지만 자막 그대로 소개하면 이렇다.

> 내가 그 나이였을 때 시가 날 찾아왔다.
>
> 난 그게 어디서 왔는지 모른다.
>
> 그건 누가 말해 준 것도 아니고
>
> 책으로 읽은 것도 아니고 침묵도 아니다.
>
> 내가 헤매고 다니던 길거리에서
>
> 밤의 한 자락에서 뜻하지 않은 타인에게서
>
> 활활 타오르는 불길 속에서
>
> 고독한 귀로길에서
>
> 그곳에서 나의 마음이 움직였다.

시인에게 시는 언제 찾아올까? 어디서 출발해서 시인의 마음속으로 들어오는 걸까? 어려운 질문이다. 그래서 네루다도 명쾌하게 설명하지 못한다. 다만 시의 특징인 은유를 사용해서 전달할 수밖에 없다. 시는 대체로 아지랑이나 안개를 두른 채 모호한 형상으로 다가오고, 그래서 시다.

영화가 끝나고 마지막에 이런 문구가 뜬다.

'우리의 친구 마시모에게.'

마시모는 영화 속 주인공 마리오로 나오는 배우 이름이다. 본래는 자신이 감독과 연기를 동시에 하려고 했으나 건강이 안 좋아 다른 사람에게 감독을 맡기고 자신은 배우로만 출연했다. 그리고 영화 촬영이 끝난 직후에 세상을 떠났다. 본래 심장 판막에 이상이 있어 전에도 인공판막 수술을 받은 적이 있었고, 영화 촬영 중에 쓰러져서 급히 수술을 받아야 했으나 영화를 위해 뒤로 미룬 탓이었다.

자세히 보면 영화 후반부로 갈수록 마리오가 수척해진 모습으로 등장하는 걸 알 수 있다. 나중에는 촬영장에서 한두 시간도 서 있기 힘들 정도였음에도 영화를 완성하기 위해 자신의 목숨을 던지다시피 했다. 마시모 트로이시, 기억해 두어야 할 이름이다.

덧붙이는 글

네루다를 다룬 영화가 한 편 더 있는데, 제목 자체가 〈네루다〉(파블로 라라인, 2016)이다. 아쉽게도 청소년 관람 불가로 분류되어 있어 이 책에서 다루지 못했다. 〈일 포스티노〉가 네루다보다는 우편배달부 마리오에게 초점이 맞춰져 있다면 〈네루다〉는 시인 네루다가 칠레 민중들 곁에서 그들과 함께한 삶을 다루고 있다. 그래서 네루다의 시와 삶을 살펴보기에는 더 적합한 영화다.

시를 쓰기 시작하던 초기에 네루다는 주로 연애시를 썼으며, 그로 인해 독자들의 사랑을 받았다. 그러던 네루다를 민중 시인으로 변모하게 만든 계기는 1936년에 벌어진 스페인 내전이었다. 그때 네루다는 외교관 신분으로 스페인 영사관에 근무하고 있었다. 프랑코 장군이 이끄는 파시스트 세력이 자행한 유혈 사태와 친구 시인 가르시아 로르카의 피살을 목도하면서 네루다는 큰 충격을 받았다. 그 뒤로 파시즘에 반대하는 세계의 여러 작가들과 함께 시인의 양심을 걸고 반파시스트 진영에 서게 되면서 네루다는 영사직에서 해임당했다.

오랜 외교관 생활을 마친 네루다는 1943년에 고국으로 돌아왔고, 1945년에는 칠레 공산당 후보로 나와 상원 의원에 당선된다. 영화는 상원 의원으로 활동하던 1948년부터 대통령 비방 혐의로 체포를 피해 도피 생활을 하다 아르헨티나로 탈출하는 1949년 초까지를 다룬다. 1950년대 초반 상황을 다룬 〈일 포스티노〉의 전사(前史)에 해당하는 셈이다. 네루다가 시인뿐만 아니라 정치가로, 민중운동의 지도자로 나서서 활동하던 시기다. 〈일 포스티노〉에서도 네루다 본인의 입을 빌려 광산촌에 가서 그들의 참상을 조사하고 그들을 위한 시를 써서 낭송했다는 사실을 전하고 있다.

영화는 체포 영장이 떨어져서 도피 중인 네루다를 쫓는 경찰 오스카의 시선과 그의 내레이션이 중심이 되어 전개되는 독특한 구성을 취하고 있다. 네루다 추적과 검거에 나선 오스카는 기어이 체포하고 말겠다는 열의를 다지지만 매번 한 발 늦게 네루다가 거쳐 간 곳에 도착한다. 추적극이나 스릴러라고 하기에는 그다지 긴박한 느낌이 없다. 오히려 추적 과정에서 일어나는 오스카의 미묘한 심리 변화를 중심에 두고 있는 영화다. 그러면서 나중에 오스카가 네루다의 시, 민중들과 함께하는 네루다의 삶을 통해 자신 역시 민중의 아들이자 소외 계층의 자식이었다는 사실을 깨닫게 된다는 내용으로 마무리 짓는다.

〈일 포스티노〉와 〈네루다〉를 함께 보아야 네루다 시인의 진면목에 더 가까이 다가갈 수 있다.

타인,

결여를 채워 주는

존재

공기인형
고레에다 히로카즈, 2009

"예, 쁘, 다."

　　손을 내밀어 빨래 건조대에 맺혀
있다 떨어지는 빗방울을 맞으며 노조미(배두나)가 처음으로
입을 떼서 하는 말이다. 노조미는 '공기인형', 즉 남성의 성욕
을 충족시켜 주기 위한 리얼돌의 이름이다. 그런 공기인형이
어느 날 갑자기 사람과 같은 마음을 갖게 되면서 처음으로 세
상을 마주하는 순간 입술을 열어 낸 말이 '예쁘다'인 건 의미
심장하다. 노조미가 세상을 예쁘다고 인식하도록 한 건 아직
세상의 때가 묻지 않은 순수 본연의 상태임을 나타내고 싶어
서였을 것이다.

　나는 세상의 말이 다 없어지더라도 끝까지 남아 주었으면
하는 말이 뭘까를 생각해 본 적이 있는데, 내 머릿속에 떠오
른 건 '착하다'였다. 젊었을 적 나는 주로 '올바르다', '정의롭다'
같은 말들에 끌렸다. 올바르지 못하고 정의롭지 못한 독재 정
권 시절에 형성된 의식이 그렇게 내 마음을 잡아당겼을 것이
다. 그러다 세월이 흐르고 세상에 대한 내 인식도 변화를 겪

으면서 차츰 생각이 바뀌어 갔다. 진보 집단에 속한다고 하는 사람들이 위선과 탐욕에 빠져드는 걸 자주 보았고, 보수적인 가치관을 가진 사람들 중에도 따뜻한 마음을 가진 사람들이 많다는 걸 알게 되었다. 그 후로는 이념이 아니라 그 사람이 얼마나 착하고 따뜻한 마음을 가졌는가 하는 점이 더 의미 있는 기준으로 내게 다가왔다.

'예쁘다'라는 말과 '착하다'라는 말은 서로 다른 영역을 지칭하는 것 같지만 실은 긴밀한 연계성을 지니고 있다. 동양에서 인간이 추구해야 할 가치 기준을 이야기할 때 흔히 진(眞), 선(善), 미(美)라는 개념을 사용해 왔다. 셋은 우열의 개념이 아니라 동등의 개념이다. 그래서 참된 게 선한 것이고, 선한 게 아름다운 것이다. 참됨 속에 선함과 아름다움이 들어 있는 것이고, 아름다움 속에 참됨과 선함이 들어 있는 것이다. 마찬가지로 선함 속에는 참됨과 아름다움이 동시에 들어 있어야 한다. 그렇지 않다면 그건 참된 것도, 선한 것도, 아름다운 것도 아니다. 이런 통합적 사고를 전제한다면 노조미가 세상을 예쁘다고 말했을 때, 거기에는 진실함과 선함도 포함되어 있는 표현으로 받아들여야 하지 않을까 싶다.

하지만 일상생활에서 '예쁘다'라는 말을 이와는 다른 의미로 사용하는 경우가 많다. 공기인형의 주인 히데오(이타오 이츠지)는 노조미에게 메이드 복장을 입혀 놓는다. 일본 AV에 나오는 여자들에게서 많이 볼 수 있는, 성적 흥분을 자극하기 위한 복장이다. 히데오는 밤에 노조미와 섹스를 하며 "노조미, 자긴 정말 예뻐"라고 말하고, 출근하면서는 "오늘도 예쁘네"라고 말하며 노조미에게 입을 맞추는데, 이럴 때의 '예쁘다'라는 말은 상대를 성적 대상화해서 하는 말이다. 여성의 외모를 평가하며 '예쁘다'라고 하는 게 때로는 문제가 될 수 있다는 걸 모르는 남자들이 많다. 그런 말을 싫어하는 여자들이 많다는 걸 생각해 볼 필요가 있다.

고레에다 히로카즈 감독은 인간을 대하는 따뜻한 마음이 녹아들어 있는 영화를 주로 만들었으며, 우리나라에도 두터운 팬층을 가지고 있다. 〈공기인형〉은 특히 한국 배우 배두나를 주인공으로 삼아 우리에게 더 친숙하기도 하다.

이 영화에서 감독은 관계와 소통의 문제를 제기하고 있다. 살아 있는 여성 대신 섹스 대용품인 공기인형과 사랑을 나누고 혼자 말을 건네며, 그런 과정 속에서 만족감을 얻는 히데오. 서로 감정을 나누는 소통 대신 그가 선택한 건 일방적인 대화다. 대화라고 했지만 사실은 혼자서만 떠드는 독백이다. 자신의 감정을 전달할 대상이 필요했을 뿐 상대의 감정을 받아줄 만한 마음의 공간은 없다.

히데오가 출근하고 없는 시간에 노조미는 밖으로 나와 여러 풍경을 보고 다양한 사람들을 만나며 세상을 익힌다. 그러던 중 우연히 DVD 가게의 점원 준이치(이우라 아라타)를 보고 호감을 느끼고, 가게에 알바생으로 들어가 준이치와 함께 근무하는 단계까지 간다. 그러면서 자신이 인형에서 인간이 되었다는 것을 "나는 마음을 가져 버렸습니다. 가져서는 안 될 마음을 가져 버렸습니다"라는 말로 표현한다. 인형과 인간의 차이는 마음이 있느냐 없느냐에 있고, 마음을 가진 이상 노조미는 더 이상 인형으로 살아갈 수 없다.

노조미는 히데오의 옛 여자 친구 이름이다. 공기인형 노조미는 히데오에게 자신이 그녀의 대용품이 아니냐면서 그렇다면 꼭 자신이 아니어도 괜찮지 않냐고 한다. 노조미는 대용품으로 살아가는 건 인간의 삶이 아니라는 사실을 깨달았으며, 자신도 인형이 아니라 인간처럼 살고 싶다는 소망을 갖게 됐다. 노조미가 인간의 마음을 갖게 됐다고 고백하자, 히데오는 다시 예전의 공기인형으로 돌아와 달라고 말한다.

"부탁이 있는데, 예전처럼 인형으로 돌아가 주면 안 돼?"

"예전의?"

"일반적인 그냥 인형으로… 안 될까?"

"마음 같은 거 없을 때가 좋았어?"

"피곤해. 이런 거 귀찮아서 널 선택한 건데."

    귀찮다는 히데오의 말을 들은 노조미는 너무한다며 집을 뛰쳐나간다. 관계를 맺는 일은 일정하게 감정의 소모를 전제로 한다. 그런 상태를 귀찮아하고 부담스러워하는 현대인들의 공허한 삶은 속이 빈 공기인형과 다를 바 없다. 히데오는 진정한 관계 맺기에 실패하고 있는 현대인들의 초상을 보여주는 인물이라고 하겠다. 노조미가 자신을 섹스 대용품으로만 여기는 히데오 곁을 떠나자 히데오가 다른 공기인형을 주문한 것처럼, 식당 종업원으로 일하는 히데오 역시 언제든지 직장에서 다른 사람으로 대체될 수 있는 존재일 뿐이다.

    노조미가 공터에서 만난 할아버지도 고등학교에서 언제든 대체될 수 있는 대리 교사로 일했었다. 할아버지는 노조미에게 뜬금없이 하루살이의 존재에 대한 이야기를 한다. 하루살이는 성충이 되면 하루밖에 못 사는데, 몸속이 텅 비고 위와 장도 없으며 알만 낳고 죽으면 끝나는 목숨이라고 한다.

    인간도 그런 하루살이처럼 허망한 존재라고 하자 노조미가 자신도 속이 텅 비었다고 한다. 할아버지는 자신도 마찬가지고 요새는 다들 그렇다는 말을 덧붙인다. 특히 대도시에 사는 사람들이 그렇다면서. 할아버지는 현대인들의 공허한 삶을 정확히 꿰뚫고 있다.

그날 할아버지는 노조미에게 시 한 편을 들려준다.

생명은

자기 혼자만으로는 완결될 수 없게

만들어져 있다고 한다.

꽃도

암술과 수술이 있어도 불충분하여

곤충과 바람이 찾아와

둘을 이어 주어야 한다.

생명은, 그 속에 결여를 안고 있어

빈 곳을 타인을 통해 채워야 한다.

세상은 타인들이 만나는 장소

하지만 서로 빈 곳을 채워 줄 수 있단 걸

알지도 못하고 알려 주지도 않네.

흩어져 있는 사람들

무관심 속에 살아가는 사람들

때로는 역겹게 느껴지는 일조차 허용되는 관계

그런 식으로 세상이

느슨하게 만들어져 있는 건 왜일까?

꽃이 피어 있다.

꽃의 바로 곁에서

날파리의 모습을 한 타인이

빛을 휘감으며 날고 있다.

나도 어느 시절엔가

누군가를 위한 날파리였을까?

당신도 어느 시절엔가

나를 위한 바람이었을지 모른다.

요시노 히로시(吉野弘, 1926~2014)라는 시인이 쓴 「생명은」 이라는 제목의 시다. 우리에게 많이 알려진 시인은 아니지만 그래도 몇 편의 시가 번역되어 읽히고 있다.

이 시에서 핵심적인 대목은 '생명은, 그 속에 결여를 안고 있어 / 빈 곳을 타인을 통해 채워야 한다'라는 구절이다. 결여 내지 결핍을 안고 있는 현대인들은 진정한 관계 맺기와 소통 을 회피하고, 그럴수록 결핍이 심해지는 악순환을 겪는다. 공기인형의 몸속이 텅 비어 있듯이 현대인들의 마음도 비어 있다. 그걸 채워 줄 수 있는 건 타인이라는 존재다. 하지만 타인과 관계 맺기는 항상 실패의 위험성을 안고 있다.

노조미는 DVD 가게에서 일하다 몸 한 군데가 찢기는 상처를 입고 공기가 빠져나간다. 공기인형에게서 공기가 빠져나간다는 건 죽음을 뜻한다. 깜짝 놀란 준이치가 다가와서 상처 난 곳을 테이프로 붙인 다음 배꼽에 있는 공기 주입구로 숨을 불어넣어 준다. 노조미가 깜짝 놀라지 않았냐면서 어떤 사람이 이르길 그런 사람들이 많다고 하자 준이치는 자신도 그렇다고 말한다. 준이치 역시 공허함을 품은 채 살고 있으며, 둘 사이가 행복한 결말에 이르지는 못한다는 걸 암시한다.

노조미가 공기인형을 제작하는 공장을 찾아갔을 때 인형 제작자가 노조미에게 마음이 없는 게 나았냐고 묻는다. "모르겠어요. 근데 괴로워요"라고 대답하는 노조미. 이어서 제작자가 네가 본 세상은 슬픈 일들뿐이었는지, 아름답고 좋은 일이 조금은 있었는지 묻자 노조미는 고개를 끄덕인 다음 자신을 만들어 주어서 고맙다고 한다.

세상에는 괴로운 일뿐만 아니라 아름답고 좋은 일도 있다는 사실을 노조미는 충분히 알고 있다. 그래서 사랑하는 준이치에게 자신이 누군가의 대신이라도 괜찮다는 말을 한다. 그러기 위해 태어난 존재라면서. 자신의 운명을 긍정하고 받아들이는 것, 그게 마음이 지닌 힘이 아닐까?

공허함을 못 이긴 준이치가 자해를 하고 피를 흘리자 노조미가 자신의 숨을 불어넣어 보지만 소용이 없다. 그렇게 준이치를 잃고 난 후 노조미는 쓰레기 소각장을 찾아간 다음 스스로 공기 주입 튜브를 빼 버린다.

타인으로부터 받게 될지도 모를 마음의 상처를 두려워하기 시작하면 흔히 말하는 히키코모리가 되기 쉽다. 영화 속에도 폭식증에 걸린 히키코모리 여성이 나온다. 영화의 마지막은 노조미의 몸에서 바람이 빠져나가는 동안 영화에 등장했던 사람들이 여전히 같은 일상을 살아가는 모습을 보여 주는데, 다들 행복한 표정이다. 민들레 씨앗이 흩날리며 그들 곁을 날아다니다 화분 안에 내려앉기도 하는 모습을 연출한 건 다시 자라나게 될 희망의 씨앗을 보여 주고 싶었기 때문이리라.

노조미는 평온한 죽음을 맞이하고, 히키코모리 여성은 몸을 일으켜 커튼을 젖힌 다음 창문을 열고 바깥을 내다보며 나지막이 중얼거린다.

"예쁘다."

처음과 마지막을 장식하는 '예쁘다'라는 말 속에 감독이 세상을 바라보는 시선이 담겨 있을 것이다. 비록 대용품으로 살아갈지라도, 세상과 소통하는 걸 두려워할지라도, 인간은 누구나 마음이란 걸 갖고 있으며, 그러하기에 세상은 예쁠 수 있다.

노조미가 보고 간 것도 그런 세상이지 않았을까? 노조미가 마주치고 만난 사람들은 각자 결여를 지니고 있었지만, 그렇다고 해서 영화의 흐름을 암울과 비관 쪽으로 끌고 가지는 않는다. 감독은 영화를 보고 난 관객들에게 그들의 결여를 메꿔 주는 타인의 역할을 해 달라고 부탁하고 싶었는지도 모른다.

공기인형이란 설정에 마음이 끌린 것은 로봇과는 달리 속이 텅 비어 있다는 점이다. 다른 사람이 인형에 숨을 불어넣어 채우는 것이 인간과 인간이 관계 맺는 것과 닮았다고 생각했다.

고레에다 감독이 한국 시사회에 참석해서 관객들에게 했던 말이다. 감독의 말을 접하며 나는 우리말 '목숨'이라는 낱말에 '숨'이라는 말이 들어가 있다는 걸 생각했다. 인간이 서로가 서로에게 숨을 불어넣어 주는 존재가 되고, 서로에게서 숨결을 느낄 수 있는 세상이 되면 좋겠다는 생각도 했다.

한 편의 시를 읽고 전문을 외우거나 마음에 모두 담아 두기는 힘들다. 다만 마음에 꽂히는 한두 구절이라도 있으면 그 구절만 기억해도 충분하다. 윤동주 시인의 「서시」에서 '별을 노래하는 마음으로 / 모든 죽어가는 것을 사랑해야지'라든지 이형기 시인의 「낙화」에서 '가야 할 때가 언제인가를 / 분명히 알고 가는 이의 / 뒷모습은 얼마나 아름다운가' 라는 구절을 많은 이들이 인상적으로 기억하듯이.

나는 고등학교 때 신문에 실린 장석주 시인의 시에서 '손은 차서 지는 꽃잎을 받을 수 없고' 라는 구절을 마주쳤을 때 가슴속으로 무언가 서늘한 느낌이 치고 들어오던 기억이 지금도 뚜렷하다. 훗날 시집에 실린 걸 다시 살펴봤더니 그 구절이 '손도 식어서 지는 꽃잎을 받을 수 없어'라고 되어 있었지만, 그런 착오가 중요한 건 아니다.

나중에 〈공기인형〉에 나오는 요시노 히로시의 시를 떠올리면 '생명은, 그 속에 결여를 안고 있어 / 빈 곳을 타인을 통해 채워야 한다'라는 구절만 생각날지도 모른다. 하지만 어떠랴. 그렇게라도 내 마음에 들어와 있으면 되는 거 아니겠는가.

경계에 선 존재들의

운명

코뿔소의 계절
바흐만 고바디, 2012

영화가 시작되면 가장 먼저 "사니 잘레(Sane Jaleh)와 파르자드 카만가르(Farzad Kamangar)를 포함하여 모든 정치범 수감자에게 이 영화를 바친다"라고 쓴 자막이 뜬다. 둘 다 우리에게 거의 알려지지 않은 사람이다.

외래어표기법에 따라 언론에 카망가르라고도 소개되는 카만가르는 어떤 사람일까?『세계일보』2010년 6월 1일 자에『워싱턴 포스트』지의 논평을 번역해서 소개한 글이 실려 있다.

"카만가르의 범죄는 그가 쿠르드족이란 사실이다. 그는 이란의 북서부 도시인 카미아란의 초등학교에서 학생들을 가르쳤다. 그는 카미아란 시의 쿠르드디스탄 교원 연맹 회원이었고 여러 가지 지하 인권 출판물에 글을 썼다. 그는 금지된 쿠르드어를 쿠르드족 학생들에게 비밀리에 가르쳤고 자기네 문화와 역사에 관한 이야기를 들려주었다. 그는 2006년 7월에 체포되어 구타, 채찍질, 전기 고문, 영양실조, 수면 박탈, 춥고 불결한 독방 감금을 겪었다. 고문 때 그가 지르는 비명은, 코란의 구절을 낭송하는 요란한 녹음기 소리에 묻혔다."

카만가르는 2006년에 체포되었으나 정식 재판을 받은 건 2008년이었다. 5분 동안 이루어진 재판에서 당국은 그가 국가 안보를 위험에 빠뜨리고 테러 단체인 쿠르드 노동자당의 당원이었다고 했으나 관련 증거는 제시하지 않았다. 그 자리에서 사형 선고를 받은 카만가르는 체포될 때와 마찬가지로 가족과 변호사에 대한 통보도 없이 2010년에 교수형을 당했다. 그의 나이 34세 때였다.

사니 잘레는 수니파 쿠르드족으로 2011년 반정부 시위 때 살해당한 것으로만 알려졌을 뿐 더 이상의 정보를 찾지 못했다.

고바디 감독도 우리나라 사람들에게 낯선 이름이기는 하지만 첫 영화인 〈취한 말들을 위한 시간〉으로 2000년 칸영화제에서 황금카메라상을 받았다고 하면 고개를 끄덕일 사람들이 있겠다. 열두 살짜리 쿠르드족 소년 가장이 가족들에게 닥친 고난을 헤쳐 가는 과정을 담은 영화다. 고바디 감독 역시 쿠르드족 출신 이란인으로, 줄곧 쿠르드족 이야기를 화면에 담아 왔다. 그런 이력으로 인해 이란 당국의 탄압을 받아 튀르키예로 이주해야 했으며, 〈코뿔소의 계절〉은 튀르키예로 건너와서 찍은 영화다. (쿠르드족이 가장 많이 살고 있는 나라가 튀르키예이긴 하지만 그렇다고 해서 튀르키예가 쿠르드족에 우호적인 건 아니다. 튀르키예 정부도 수많은 쿠르드족을 학살한 전력이 있다.)

세계에서 가장 슬픈 민족을 꼽으라면 쿠르드족이 빠지지 않는다. 쿠르드족은 튀르키예, 이란, 이라크, 시리아, 러시아 등지에 흩어져 살고 있으며, 그런 인구를 모두 합치면 3천만 명을 넘는다. 과거에는 유목 생활을 했으나 제1차세계대전 후 새로운 국경선들이 생기면서 이동이 자유롭지 못해 지금은 대부분 정착해서 농경 생활을 하고 있다. 하지만 독립된 민족국가를 이루지 못한 탓에 정착지 곳곳에서 탄압과 학살을 당해 왔으며, 줄곧 분리 독립을 위해 싸우고 있다. 쿠르드족의 다수는 수니파 이슬람교도인 반면 이란은 시아파가 정권을 잡고 있어 쿠르드족에 대한 이란 정부의 탄압은 종교적인 이유도 크게 작용하고 있다.

영화의 첫 번째 자막에 이어 다소 긴 자막이 뜨는데, 이번에는 파르자드 카만가르가 아닌 쿠르드족 출신의 이란 시인이자 저술가인 사데그 카만가르(Sadegh Kamangar)의 삶을 바탕으로 영화를 만들었다고 나온다. 화면의 영어 자막과 한글 번역 자막은 약간의 차이가 있다. 한글 자막은 30년간 수감 생활을 했다고 되어 있으나 원 자막에는 27년으로 나온다.

한국에도 다녀간 감독이 인터뷰에서 영화 내용의 50퍼센트 정도가 실제 사연이라고 했으니, 파르자드 카만가르와 사데그 카만가르는 다른 사람임이 분명하다. 하지만 27년 동안이나 감옥 생활을 했다는 사데그 카만가르 시인에 대해서는 파르자드 카만가르만큼도 알려진 게 없다. 구글에서 검색을 해 봐도 나오지 않는 걸 보아 영어권에서도 그런 시인의 존재를 모르고 있다는 얘기다. 시인이 그토록 오래 수감 생활을 했음에도 국제사회에서조차 거론이 안 된다는 건 쿠르드족에 대한 국제사회의 외면을 보여 주는 사례라고 하겠다.

영화에서는 카만가르 대신 사헬 파르잔(일마즈 에르도간)이라는 이름을 가진 시인이 주인공으로 나오며, 2009년에 감옥에서 석방되는 장면으로 시작한다. 영화에서 주인공이 1979년 이란혁명 당시 체포되어 수감된 것으로 나오니 맨 처음 자막의 30년이라는 표현이 비로소 이해가 된다. 하지만 맨 처음 자막은 영화 주인공이 아닌 실제 인물 사데그 카만가르에 대한 설명이므로, 둘을 정확하게 구분해서 처리해 주면 좋았겠다는 아쉬움이 든다.

영화는 설명 대신 장면과 장면으로 이어지며 모호한 대목을 많이 삽입해서 관객이 상상력을 발휘하며 해독해야 한다. 더구나 비유와 상징을 많이 사용한 까닭에 깊은 의미를 추출해 내는 게 쉽지는 않다. 그래도 전체 줄거리를 이해하는 데는 큰 어려움이 없으며, 화면 구성이 환상적이면서 독특하고, 배경으로 등장하는 자연의 풍광들도 무척 아름답다.

사헬은 체포되기 전까지 독자 사인회를 열 정도로 유명한 시인이었으며 결혼 2년차인 아내 미나(모니카 벨루치)와 행복한 나날을 보내고 있었다. 그러던 중 1979년 이란혁명으로 호메이니 이슬람 정권이 들어서면서 아내와 함께 체포되었다. 사헬은 수니파 교도로서 이란의 이슬람 정권을 비판하는 정치적인 시를 쓰고 이슬람 공화국의 전복을 꾀하는 적대적 단체와 협력하였다는 죄목에 따라 징역 30년, 아내 미나는 사헬에게 협조했다는 죄목으로 징역 10년을 선고받는다. 형량도 무척 세지만 부부가 지었다는 죄목 자체가 날조에 가까웠다. 나중에 알고 보니 배후에 사헬 부부의 운전기사 아크라가 있었다. 아크라는 미나에게 줄곧 연정을 품고 있었으며, 감옥 안에서 미나를 강간하는 짓까지 저지른다.

감옥에서 나온 뒤에 미나는 남편이 죽었다는 전달을 받고, 그가 묻혔다는 무덤까지 찾아가 오열한다. 하지만 남편의 사망 소식도 무덤도 가짜였다. 그런 사실을 모른 채 세월은 흘렀고, 형기를 채우고 석방된 사헬은 아내가 튀르키예 이스탄불로 갔다는 소식을 듣고 아내를 찾아 이스탄불로 간다.

거기서 예전 친구들의 도움을 받아 미나를 찾아내지만 멀리서만 빙빙 돌 뿐 직접 다가가지는 않는다. 미나에게는 감옥에서 낳은 남녀 이란성쌍둥이 자녀가 있고, 그게 사헬의 아이인지 아크라의 아이인지는 불분명하다. 더구나 아내는 아크라의 보호를 받아 가며 살고 있는 중이다. 사헬이 미나 앞에 나타나지 않는 건 그런 상황에서 자신이 들어설 자리가 없다는 걸 아프게 깨달아서 그랬을 것이다.

사헬이 멀리서 미나를 보고 온 다음 시 낭송이 흘러나온다. 누구의 시라고 명시하지는 않았지만 영화의 모델인 사데그 카만가르의 시일 것으로 짐작된다.

네 환영은 희미해져서 물 위로 떨어진다.

넌 그 환영을 바라본다.

시간이 멈추고 그 환영도 너를 본다.

거미가 나타난다.

끈끈한 침으로 시간을 엮는다.

시간의 거미줄을 짠다.

넌 거미줄에 걸리고 거미는 떠난다.

딱 거미 크기만 한 거미 한 마리

하늘은 어두워졌다 개었다 또 어두워진다.

나무는 공기를 빨아들여 수액을 말려 버린다.

시가 모호하긴 하지만 전체적으로 암울한 느낌을 전해 준다. 환영이라는 말에서 보듯 실체가 불분명한 데서 오는 불안한 흔들림은 영화 전체를 지배하는 정서이기도 하다. 그런 가운데도 사헬이 딱 시간의 거미줄에 걸린 처지로 다가온다는 건 어렵지 않게 파악할 수 있다.

이후에도 몇 차례 여성의 목소리로 시가 흘러나오는데, 영화 첫머리 자막에 'The poems are recited by daughter of his land.'라는 문장이 있었다. 한글 번역 자막은 '그의 시는 딸이 낭독했다'라고 해 놓았다. 하지만 'his land'를 어떻게 해석해야 할지 모호하다. 영화 속 사헬의 딸로 나오는 배우인지, 카만가르의 실제 딸인지, 그도 아니면 쿠르드족의 어떤 여인을 말하는지 명확히 파악하기 힘들다.

사헬은 아내의 뒤를 쫓는 생활을 하던 중 우연히 만난 젊은 여자와 하룻밤을 자게 되는데, 아침에 일어난 뒤 여자의 등에 타투가 새겨진 걸 보고 커다란 충격을 받는다. 타투로 새긴 문구는 '다른 사람이 내 피를 더럽히면 내 손이 내 핏줄을 놓지 않으리라'였고, 그 문구는 바로 자신이 쓴 시에 나오는 구절이었기 때문이다.

"아빠에 대한 건 이 시밖에 없어요."

젊은 여자의 말을 받아 그 자리에 함께 있던 그녀의 친구인 다른 여자가 설명을 덧붙인다. "쟤 아버지가 쿠르드족 시인인데 수십 년 전에 감옥에서 죽었대요. 그리고 쟤 엄마는 사람들한테 문신을 해 줘요. 남자든 여자든 다요."

하룻밤을 같이 보낸 젊은 여자는 사헬에게도 자신의 엄마한테 타투를 새길 것을 권하고, 사헬은 미나를 찾아가 자신의 등에 타투를 새긴다. 사헬은 엎드린 채 한 번도 미나를 바라보지 않고, 미나 역시 타투를 마치고 돌아갈 때까지 사헬을 알아보지 못한다. 타투를 새기는 동안 시 낭송이 흘러나온다.

밀랍의 서리에 입김이 얼어붙는다.

맥박과 맥박 사이에

돌과 돌이 부딪쳐 불꽃이 튄다.

공기는 단검

물은 단검

경계 지역에서 사는 자만이 새로운 땅을 만든다.

사헬의 등에 새긴 건 '경계 지역에서 사는 자만이 새로운 땅을 만든다'라는 마지막 문장이다. 영화의 주제를 함축한 문장으로 다가온다.

쿠르드족은 국가와 국가의 경계에 살고 있으며, 사헬은 공식 문서로는 죽었지만 실제로는 살아 있다. 죽음과 삶의 경계에서 떠도는 존재인 셈이다. 그건 미나와 미나의 딸 역시 마찬가지여서, 둘은 아크라의 손아귀에서 벗어나 유럽으로 넘어가서 새로운 삶을 살고 싶어 한다. 튀르키예라는 나라는 동양과 서양의 경계를 이루고 있는 지역이며, 영화를 만든 고바디 감독의 처지도 똑같다. 정주하지 못하고 추방당한, 그래서 경계에 서게 된 존재는 위태롭다. 영화는 그렇게 경계에 선 이들의 비극을 여러 차례 흔들리는 카메라로 잡아 가며 보여 준다.

그런데 영화 제목에 왜 코뿔소가 등장하는 걸까? 영화 중간에 '코뿔소의 마지막 시'라고 적힌 사헬의 시집을 비춰 주는 장면이 나오고, 사헬이 미나에게서 타투를 받고 나와 황무지처럼 펼쳐진 곳을 차로 달리는 동안 난데없이 코뿔소 떼가 나타난다. 그중 한 마리는 사헬이 모는 차에 부딪혀 쓰러진다. 그리고 사헬이 아크라를 자신의 차에 태우고 바다를 향해 질주하는 장면에서 마지막 시가 낭송된다.

땅은 단단한 소금판이다.

코뿔소가 고개를 숙이고 핥는다.

텅 빈 입으로 씹고 또 씹는다.

그리고는 계절의 찌꺼기를 뱉어 낸다.

저 멀리, 좀 더 멀리

코뿔소의 계절에 네 껍질이 덩어리진다.

소금판처럼 단단한 땅을 핥는 코뿔소, 텅 빈 입으로 씹고 또 씹어야 하는 운명이 무얼 상징하는지는 관객이 새겨야 할 몫이겠다.

사헬과 아크라가 자동차와 함께 잠긴 바다 위로 미나와 그녀의 자녀는 배를 타고 유럽으로 향한다. 바라던 대로 아크라의 울타리에서 벗어난 것이다. 그렇다면 유럽에서 미나의 가족은 경계인의 삶을 벗어날 수 있을까? '경계 지역에서 사는 자만이 새로운 땅을 만든다'라는 시 구절을 비참한 현실을 극복하기 위한 희망으로 읽어 낼 수 있을까?

고바디 감독이 계속 쿠르드족 이야기만을 영화에 담는 건 그런 희망을 포기하고 싶지 않아서일지도 모른다. 하지만 끝내 아내 앞에 나타나 자신이 살아 있음을 확인시켜 주지 못한 채 스스로 죽음을 택한 사헬의 고통은 누가 위로해 줄까? 아크라만 응징하면 그걸로 끝나는 걸까? 아크라는 담담하게 자신이 저지른 죄의 대가를 받아들였지만 정작 뉘우치고 반성해야 할 배후의 거대한 세력은 왜 아무 말이 없는 걸까? 답 없는 질문만이 맴도는 영화라고도 할 수 있겠는데, 그래서 더욱 가슴 먹먹한 영화이기도 하다.

억압당한 여성의

목소리를 담아낸

시인

실비아
크리스틴 제프스, 2003

미국의 여성 시인 실비아 플라스 (1932~1963)가 우리나라 독자들에게 알려진 건 그리 오래되지 않았다. 영문학 연구자들에 의해 실비아의 일부 시가 소개되고 1990년에 시집 『거상』이 출간되긴 했으나 실비아 시의 전모를 제대로 알게 해 준 시집이 나온 건 2013년에 번역 출간된 『실비아 플라스 시 전집』이다. 2004년에 『실비아 플라스의 일기』, 2006년에 자전소설 『벨 자』가 먼저 나왔지만, 시인의 시 세계로 들어가는 통로는 당사자가 생전에 쓴 시들 속에 있을 수밖에 없다.

실비아의 시가 알려지기 시작하면서 시인들의 반응은 뜨거웠다. 특히 여성 시인들이 앞다투어 실비아 플라스를 얘기하기 시작했다. 몇 년 사이에, 시를 쓰는 사람치고 실비아 플라스를 모르면 안 될 정도가 됐다고나 할까? 최영미, 김이듬, 김선향 시인 등이 자신의 시 속에서 실비아 플라스를 호명하고 있고, 이진희 시인의 첫 시집 제목은 『실비아 수수께끼』였다. 어떤 연유로 짧은 시간 안에 실비아 플라스가 시인들의 마음을 사로잡게 됐을까?

영화가 시작되면 실비아(귀네스 팰트로)가 죽은 듯이 눈을 감고 누워 있는 장면과 함께 다음과 같은 내레이션이 흘러나온다.

죽는 것은 예술이다.

세상의 모든 것과 마찬가지로

하지만 나의 죽음은 더욱 더 예술적이다.

지옥이 느껴지는 죽음을 그려 낸다.

죽음은 내게 실제이다.

죽음은 나에게 사명이다.

실비아의 시 「레이디 라자러스(Lady Lazarus)」에 나오는 구절이다. 영화가 어떻게 흘러갈지 미리 짐작하게 하는 장면으로, 죽음을 실제이자 사명으로 여긴다는 진술이 예사롭지 않다.

실비아의 생애를 관통하는 건 죽음(혹은 자살)에 대한 강박과 영국 시인 테드 휴즈(1930~1998)와의 만남이다. 실비아는 어릴 적부터 몇 차례에 걸쳐 자살을 시도했고, 짧은 생을 마감한 것도 본인이 선택한 자살이었다. 자살의 원인은 우울증 때문이긴 했어도 남편이었던 테드 휴즈가 우울증이 악화되도록 만든 측면이 강하다.

실비아는 미국에서 대학을 마치고 영국으로 건너와 케임브리지 대학에서 공부하던 중 시를 쓰는 테드 휴즈(다니엘 크레이그)를 만나 한순간에 빠져든다. 두 사람의 뜨거운 열정은 만난 지 몇 달 만에 결혼으로 이어진다. 하지만 이토록 급속한 연애와 결혼은 출발부터 불행한 운명을 예감하고 있었던 걸까? 실비아가 테드를 만나고 돌아와 시를 타이핑하는 장면이 나온다. '사악한 약탈자. 언젠가 그이로 인해 죽음을 맞으리.' 그 구절을 본 친구가 섬뜩하다는 말과 함께 테드는 시밖에 모르는 인간이라며 조심할 것을 당부한다. 하지만 실비아의 마음과 영혼은 이미 테드에게 완전히 기울어져 있었다.

어릴 적부터 시에 재능이 많았고 훌륭한 시인이 되고 싶었으나 영국 평단에서 실비아의 시적 재능을 알아주는 사람은 별로 없었다. 영화 초반에 문예 비평지에서 실비아의 시를 '상업적인 본질을 띤 부르주아 근성의 적나라하게 야심적인 시'라고 평한 걸 보고 실비아는 분노한다. 실비아는 테드 휴즈가 친구들과 함께 진행하는 시 모임에 나가게 되는데, 자기 차례가 오자 다음과 같은 구절을 힘차게 낭독한다.

아비를 배반케 함이 당신 뜻일지라도

여자의 눈물방울을 거두게 할지어다.

흉악한 마녀들아, 복수를 하겠다.

무엇을 할지 아직 모르겠다만

온 세상이 벌벌 떨게 할 테다.

나는 절대 안 운다.

심장이 찢기기 전에 울지 않겠다.

광대야, 난 미칠 것 같다.

이 구절은 실비아의 시가 아니라 셰익스피어의 비극「리어왕」에 나오는 대사다. 아직 절망을 모르던 때로, 테드 휴즈와의 사랑과 시에 대한 열망이 끓어오르던 참이라, '심장이 찢기기 전에 울지 않겠다'고 선언하는 실비아의 당찬 모습을 보여주기에 충분하다. 하지만 심장이 찢기는 경험이 찾아오기까지는 많은 시간이 걸리지 않았다.

테드는 첫 시집『빗속의 매』를 출간하며 떠오르는 시인으로 찬사를 받기 시작하고, 실비아 역시 첫 시집『거대한 조각상(The Colossus and Other Poems)』(국내에서는 '거상'이라는 제목으로 번역됐다)을 출간하지만 평단의 반응은 냉담하다. 그와 함께 테드는 집안일보다는 바깥 활동에 치중하고 아이가 태어난 뒤에도 아버지의 역할을 하지 않는다. 결정적으로 테드가 바람을 피우고 있다는 걸 알게 되면서 두 사람은 이혼하고 만다. 육아에 지쳐 있는 동안 거의 시를 쓰지 못하던 실비아는 이혼 후에 시에 대한 열정을 다시 불태우기 시작하면서 뛰어난 작품들이 이 무렵에 나온다.

> 살인자여 주민들은 널 싫어해 짓밟아 버리네.
> 당신인 걸 알면서도
> 아빠, 아빠, 당신은 나빠.

실비아의 대표작으로 가장 많이 거론되는 「대디(Daddy)」의 끝부분이다. 자막에 나온 대로 옮겼는데, 원작의 분위기를 제대로 살리지 못하고 있다. 마지막 행의 원문은 'Daddy, daddy, you bastard, I'm through.'인데, 관객을 배려해서 그랬겠지만 번역을 하면서 표현을 너무 순화시켰다. 번역본인 『실비아 플라스 시 전집』에서는 이 구절을 '아빠, 아빠, 이 개자식, 나는 다 끝났어'라고 풀이했다. 'bastard'는 속어로 사용하는 욕설이다. 외국 시를 우리말로 번역하는 게 힘든 일이긴 하지만 본래 의미와 분위기를 최대한 살리도록 노력해야 한다. 그런 노력을 영화 자막에까지 기대하는 건 난망한 일이라는 생각이 든다.

‘대디’는 일차적으로 화자의 아버지를 가리키지만, 시 전문을 보면 아버지를 포함해 남편 테드, 나아가 모든 권위적인 남성을 지칭한다고 보는 게 타당하다. 실비아가 어릴 적에 죽은 아버지는 미국으로 건너오기 전 폴란드에 거주하는 독일인이었다. 폴란드에서는 많은 유대인들이 학살당했고, 실비아는 아버지가 독일인으로 폴란드에 있었다는 사실만으로도 나치에 협력한 거나 마찬가지라고 여겼다. 그래서 시에는 나치와 독일에 대한 공격적인 태도와 더불어 폴란드에 대한 연민이 나타나 있고, 테드에 대한 원망과 증오도 표현되어 있다. 특히 마지막 결구가 워낙 강렬해서 깊은 인상을 준다. 여성 시인들이 실비아의 시에 감응하는 지점이기도 하다.

　그렇다고 해서 실비아가 페미니즘을 주창하거나 여권 운동을 했던 건 아니다. 다만 자신이 겪은 억압의 실체를 드러내는 데 있어 주저함 없이 강렬한 언어를 사용하여 표현할 줄 알았다. 다른 시 「느릅나무」에서 ‘내 속엔 언제나 비명이 살고 있어요’라고 한 것처럼 상처받고 분열된 자신의 내면을 드러내고 호소하는 목소리는 여성들의 마음을 세차게 흔들어 놓았다.

　실비아는 테드와 재결합하기를 원했지만 테드는 상대 여성이 임신했다며 돌아오길 거부한다. 결국 절망으로 내몰린 실비아는 1963년 2월 11일, 몹시 추웠던 겨울날에 주방의 가스를 틀어 놓고 오븐에 머리를 집어넣은 채 자살한다. 자살하기 전 실비아는 두 아이가 먹을 빵을 접시에 담아 두고 가스를 마시지 않도록 아이들 방문의 틈을 테이프와 젖은 수건으로 꼼꼼히 막아 놓았다. 영화는 그런 실비아의 행동을 보여 주며 다음과 같은 내레이션을 배치했다.

상자는 잠겨 있고 참 위험하다, 창도 없어서 안을 엿볼 수도 없다. 작은 쇠창살뿐… 출구도 없다.

실비아의 죽음으로 영화를 맺으며, 사후의 일들은 다음과 같은 내용의 자막으로 대신했다.

"1년 후 테드 휴즈는 그녀의 유고 시집을 출간했다. 유고작 『에리얼(Ariel)』은 20세기의 유명한 베스트셀러가 됐고, 1998년 테드 휴즈는 30년간의 침묵을 깨고 『생일 편지』를 통해 실비아에 대해 전했다. 이는 그들의 관계를 담은 시들로 구성되어 있다."

자막에 나오지 않은 많은 일들이 있다. 실비아의 자살 이후 테드는 많은 비난을 받았다. 독자들이 실비아의 무덤에 세운 묘비를 찾아가 테드의 성(姓)인 휴즈를 지워 버리는 일까지 있었다. 더구나 테드는 가정 바깥에서 만나 자신의 아이까지 낳도록 한 여자를 버리고 다시 바람을 피웠으며, 그로 인해 그 여자도 6년 후 실비아가 택했던 방법을 똑같이 이용해 자살했다. 두 여성을 자살로 이끈 테드는 한동안 비난에 시달렸으나, 시인으로서 그의 명성은 바래지 않았다. 20세기 중반 이후 영국의 가장 위대한 시인 중의 한 명이라는 평가를 받았으며, 영국 왕실이 내리는 계관시인의 자리까지 올랐다. 현대 영문학사를 이야기하며 테드 휴즈를 빼놓을 수는 없으나, 그가 행한 여성에 대한 억압과 비윤리적인 태도도 함께 기록하고 기억해야 한다.

실비아 플라스의 비극적인 삶을 생각하면 자연스레 로댕의 연인이었던 카미유 클로델, 디에고 리베라의 아내였던 프리다 칼로를 떠올리지 않을 수 없다. 남성 예술가들에게는 행해지지 않는 억압이 여성 예술가들에게는 가혹하리만큼 철저했다. 그 과정에서 망가진 여성 예술가들의 육체와 영혼은 보상받을 길이 없었다. 그나마 상처를 이겨 내기 위해 애쓴 결과물인 예술 작품들이 남아 있어 위안을 주긴 한다. 실비아 플라스의 시가 현재성을 가지고 읽히는 건 여전히 여성들이 억압받는 처지에 놓여 있음을 방증한다. 시 쓰기는 그런 억압의 실체를 폭로하고 자기 정체성을 찾아 가는 여정이기도 하다.

그런 여정은 몹시 가파른 절벽으로 이어질 때가 많다. 그래도 더 이상 주저앉지 말기를, 끊임없이 자기 목소리 내는 걸 두려워하지 말기! 실비아가 죽음으로 전하는 메시지다.

실비아 플라스를 얘기하며 동시대의 시인이자 함께 교류했던 앤 섹스턴(1928~1974)을 빼놓을 수 없다. 미국 매사추세츠주에서 성공한 사업가의 딸로 태어났지만 어린 시절에 부모의 사랑 대신 엄격한 규율을 강조하는 분위기와 그로 인한 정서 결핍으로 평생 우울증과 양극성장애에 시달렸던 여성 시인. 기숙학교에 들어가 외로움을 달래기 위해 시를 쓰기 시작하고, 열아홉이라는 이른 나이에 결혼해서 두 명의 아이를 낳았지만 마음의 안정과 행복은 찾지 못했다. 오히려 남편과의 불화, 자녀 양육의 미숙함에 대한 불안과 미안함 등이 섞여 불안 증세가 심해져서 오랫동안 정신과 치료를 받았다. 1960년에 첫 시집을 내고 호평을 받았으며, 1966년에 세 번째 시집을 내고 그다음 해에 퓰리처상을 받으며 시인으로, 그리고 대학에서 시를 가르치는 교수로 잘나가면서도, 내면에 자리 잡은 불안감은 통제되지 않았다.

실비아 플라스는 자살하기 전에 앤 섹스턴과 함께 시를 공부하고 교류하며 친하게 지냈다. 그러던 실비아의 자살 소식을 들은 앤 섹스턴의 심정이 어땠을까? 앤 섹스턴은 실비아의 죽음을 애도하며 「실비아의 죽음」이라는 시를 썼다. 이 시는 세 번째 시집 『살거나 죽거나(*Live or Die*)』에 실렸는데, 제목도 그렇거니와 시집 안에는 「자살 메모」라는 제목의 시까지 실려 있다. 그만큼 섹스턴도 자살 충동에 시달리고 있었다는 걸 알 수 있다.

「실비아의 죽음」을 보면 두 사람이 평소 죽음에 대한 이야기를 자주 나누곤 했다는 내용이 나온다. 그래 놓고 혼자 조용히 죽음의 길로 걸어간 실비아에 대한 원망 섞인 표현도 나온다. 실비아가 죽은 게 2월 11일이고, 섹스턴이 이 시를 쓴 날짜는 2월 17일이다. 부고 소식을 듣자마자 슬픔을 담아서 쓴 시다.

그랬던 앤 섹스턴도 1974년 10월 4일에 결국 자살로 자신의 목숨을 끊는다. 차고 안에서 일산화탄소를 틀어 놓고. 무엇이 앤 섹스턴을 고통 속으로 몰아넣었을까? 유년 시절의 트라우마가 오래도록 따라다니기도 했지만 그 당시 여성으로서 겪어야 했던 일반적인 문제들을 섹스턴도 고스란히 안고 있었다. 많이 알려진 시 중의 한 편인 「가정주부」는 여자들이 남자가 아니라 집과 결혼한다고 말하며, 그 집을 '또 다른 종류의 피부'라고 표현했다. 그만큼 집에 묶여 살아야 하는, 결혼한 여자의 삶이 강요하는 속박에 예민했다. 「남자와 아내」라는 시는 또 어떤가? 둘을 망명자라는 말로 묶으면서 서로 상처를 입히는 존재이자 '두 명의 천식 환자'라고 표현한다.

앤 섹스턴은 실비아처럼 격렬한 목소리는 아니었지만 섹스와 낙태, 자살, 자신의 정신 질환 등을 소재로 삼아 과감하고 솔직한 목소리를 냈다. 시 쓰기 스타일도 기존의 모범적인 문법에 따른 엄정하고 아름다운 언어 대신 육체성에 기반한 생동감 있는 자신만의 언어를 사용했다. 앤 섹스턴의 시는 실비아 플라스의 시에 비해 우리 독자들에게 늦게 알려졌다. 『밤엔 더 용감하지』라는 시집이 민음사에서 2020년에 번역·출간되어 나왔다.

시인은
언제 탄생하나?

조용한 열정
테렌스 데이비스, 2016

생전에 시를 발표하거나 시집을 출간하지 못했다가 사후에 위대한 시인으로 재평가를 받은 경우가 많다. 이육사, 윤동주 시인이 생전에 시집을 내지 못했고, 앞 꼭지에서 소개한 실비아도 한 권의 시집을 내고 죽긴 했지만 사후에 훨씬 높은 평가와 독자들의 사랑을 받았다.

이런 사례 중에서 타의 추종을 불허하는 시인이라면 미국의 에밀리 디킨슨(1830~1886)을 첫손에 꼽을 만하다. 디킨슨은 생전에 지역 신문에 7편 정도의 시만, 그것도 익명으로 발표했다. 사망 후 여동생이 언니가 남긴 시들을 발견하고 모아서 정리했는데, 무려 1775편이었다. 다른 이들의 도움을 받아 세 권으로 출간하기 시작한 게 1890년이다. 그 후에도 오랫동안 디킨슨의 시는 제대로 된 평가를 받지 못했으며 20세기도 한참 지나서야 비로소 디킨슨의 진가를 알아보는 사람들이 나오기 시작했다.

에밀리 디킨슨에게는 은둔의 시인이라는 말이 따라붙곤 한다. 신학교를 다니다 청교도적인 믿음을 강조하는 분위기에 반발해서 기숙사를 나온 다음 가족이 사는 저택에만 머물며 거의 바깥출입을 안 했다. 결혼도 하지 않고 독신인 채였다. 영화에서는 고향 밖으로 나가는 장면이 안 나오지만 스물다섯 살 때 아버지를 만나러 워싱턴으로 갔다가 돌아오는 길에 필라델피아의 친구 집에서 2주 정도 머문 적이 있다. 이때 찰스 워즈워스 목사를 만나 연정을 느끼고 오랫동안 편지를 주고받는다. 영화에도 워즈워스 목사에게 반하는 모습이 나오는데, 각색을 통해 실제와는 조금 다르게 그렸다.

목사의 설교를 듣고 온 디킨슨(신시아 닉슨)은 흥분과 설레는 마음을 안고 목사 부부를 집으로 초대한다. 목사 부인은 지나치다 싶을 만큼 근본주의 신앙을 가지고 있었고, 자연히 대화가 겉돌 수밖에 없다. 워즈워스는 디킨슨이 시를 쓴다는 걸 알고 다른 시인들, 가령 롱펠로우에 대해 어떻게 생각하느냐며 묻는다. 질문이 나오자마자 망설임도 없이 딱 잘라서, 뻔한 것들을 쓰는 데 천재라고 대답해서 놀라게 한다. 목사 부인이 그래도 「하이와사의 노래」는 훌륭하다고 하자 이번에는 한 줄만 읽어도 아는 게 무슨 시냐며, 시라면 진실을 압축해야 한다고 말한다. 기존의 문학적 권위를 인정하거나 무턱대고 기대지 않으려는 디킨슨의 자존심과 시관(詩觀)을 극명하게 보여주는 대화다. 자신의 시는 비록 인정받고 있지 못하지만 자신만의 언어와 시 세계를 지켜가겠다는 선언이기도 하다.

평생 디킨슨을 억압한 건 종교와 남성 중심의 가부장 체제였다. 영화는 교장 수녀가 1학년을 마치고 2학년으로 올라가는 학생들을 모아 놓고, 크리스천이 되어 구원을 받기를 원하는 사람은 오른쪽으로, 그냥 구원받기를 원하는 사람은 왼쪽으로 가라고 지시하는 장면으로 시작한다. 학생들이 오른쪽 혹은 왼쪽을 선택해서 자리를 찾아갈 때 디킨슨 혼자 가운데 가만히 서 있는다. 화가 난 교장 수녀에게 '깨닫지도 못한 죄를 어떻게 회개하죠?'라는 말을 남기고 디킨슨은 바로 학교를 떠난다.

이런 식으로 완고한 종교의식과 원리주의에 가까운 교리에 반발하는 장면이 여러 차례 나온다. 집으로 찾아온 목사가 무릎 꿇고 기도하자고 하자 혼자 거부하며 자리에서 움직이지 않는 장면도 그렇다. 목사가 돌아간 다음 불같이 화를 내는 아버지에게 "제가 반항하는 것처럼 보이겠지만 제 영혼은 제 거예요"라는 유명한 대사를 던진다. "시는 우릴 둘러싼 내세에 대한 위로예요"라고 했다가 고모로부터 비기독교적이라는 비난도 받는다.

이런 숨 막히는 분위기와 함께 여성을 남성의 부속물 정도로 여기는 고루한 인습도 디킨슨에게 고통을 주었다. 가족과 함께 음악회에 갔을 때 여성 가수가 노래를 하자 아버지는 노골적으로 여자가 무대에 서는 것에 대해 반감을 표시하며, 여자는 재능이 있다고 설치면 안 된다는 말을 한다. 디킨슨이 자신의 시를 처음 지방신문에 투고했을 때 편집자가 은전을 베푼다는 식의 태도를 취하고, 그것도 딱 한 편만 익명으로 게재하겠다는 연락을 해온 것도 여성들의 재능에 대한 불신과 무시가 얼마나 뿌리 깊었는지 알 수 있다. 디킨슨이 아버지에게 밤에 시를 쓸 수 있게 해 달라고 부탁하는 장면은 지금 생각하면 어처구니없을 정도다. 그만큼 디킨슨이 살았던 19세기 중반의 미국은 여성에게 순종의 미덕만을 강요하는 전근대 사회였다.

영화에 나오는 시들만 따라 읽어도 관람 시간이 아깝지 않다. 모든 시를 소개하고 싶으나 그럴 수는 없고 몇 편만 음미해 보도록 하자.

모든 황홀한 순간엔
고통이 대가로 따른다.

황홀한 만큼
날카롭고 떨리도록

사랑받는 시간만큼

비참한 수년.

치열하게 싸운 동전들

눈물 가득한 금고.

　영화에서 가장 먼저 나오는 시다. 첫 구절처럼 디킨슨은 황홀한 순간을 맞이하기 위해 많은 고통을 감내했다. 그의 내면은 늘 소용돌이쳤으며, 때로는 히스테릭한 성격을 거침없이 표출하기도 했다. 그런 언니 곁에서 다독이고 때로는 충고를 하며 이끌어 준 건 여동생 비니(제니퍼 일리)였다.

　디킨슨이 남긴 시는 편수가 많은 만큼 다루고 있는 제재도 다양하다. 자연에 대한 예찬부터 이별, 슬픔, 가까운 이들의 죽음에 대한 애도, 때로는 연애시라 할 만한 작품도 많다. 이들 시에 공통되는 건 간결함과 명징한 이미지를 앞세우고 있다는 점이다.

　디킨슨은 낱말 선택은 물론 구두점 하나도 허투루 다루지 않았다. 자신의 시를 처음으로 지방신문에 실어준 보울즈가 방문했을 때 나눈 대화에서 그런 면모를 발견할 수 있다. 디킨슨은 게재된 시를 보고 마음대로 구두점 위치를 바꾼 것에 대해 항의한다.

보울즈 : 나 참, 그게 뭐 그리 중요해?

디킨슨 : 대부분에겐 그렇겠죠. 하지만 저에겐 견디기 힘든 일입니다.

보울즈 : 그럼 내 사과하지. 의미 전달을 명확히 하느라….

디킨슨 : 명확한 것과 쉽게 푸는 건 달라요. 시에 손댈 수 있는 건 그 시인밖에 없어요. 다른 누가 고치는 건 공격이나 다름없죠.

자신의 시에 대해 디킨슨은 항상 단호했다. 디킨슨이 시인이라는 존재에 대해 어떻게 생각하고 있었는지 보여 주는 시가 있다.

모두 꼽자면
시인, 그리고 태양, 여름, 하나님의 천국 그게 전부

하지만 돌아보니
다 필요 없고 시인이 전부

그들의 여름은 일 년 내내 이어진다.

태양을 감당하나 동쪽은 사치라 여긴다.

또 이후의 천국이

선물할 만큼 아름답더라도

은혜로 꿈을 정당화하긴 어렵다.

'다 필요 없고 시인이 전부'라는 데서 디킨슨이 얼마나 고고하며 시를 사랑하고 창작에 매달렸는지 짐작할 수 있다. 그런 디킨슨은 자신의 시가 사람들에게 널리 읽히고 평단의 주목을 받고 싶다는 욕망이 없었을까? 다음은 워즈워스 목사와 나눈 대화다.

워즈워스 : 어떻게 그렇게 묵묵해요?

디킨슨 : 아무도 원하지 않으면 그렇게 돼요. 그래도 후대라는 건 늘 있으니까⋯. 물론 그것도 신의 존재처럼 불편하지만요.

워즈워스 : 절망처럼 들리네요.

디킨슨 : 아뇨, 씁쓸함이죠. 게다가 사후의 명성은 생전엔 무명인 사람들 거잖아요. 그런데도 성공 때문에 괴로워하다니.

죽기 전에 인정은 받고 싶어요.

    하지만 끝내 죽음에 이르는 순간까지 디킨슨에게는 그런 기회가 주어지지 않았다. 평소 앓던 지병을 이겨내지 못하고 고통에 몸부림치며 숨을 거둔 다음 마지막으로 무척 긴 시가 흘러나온다.

    생이 끝나기 전
    난 이미 두 번이나 죽었네.

    하지만 두고 봐야지.
    불멸이 세 번째 사건을 보여 줄지.

    (……)

    이제… 나는 갈 준비가 됐다.
    죽음을 위해 내가 멈출 수 없었기에
    죽음이 날 위해 친절히 멈춰 줬네.

    마차에는 우리 둘과 영원뿐

마차는 천천히 갔네.

(……)

이것은 한 번도 답장하지 않은 세상에게
보내는 나의 편지다.
자연이 부드럽고 당당하게 들려준 소박한 소식
그것은 내가 볼 수 없는 손에 맡겨진다.

다정한 세상 사람들이여.
자연을 사랑하듯
나도 후하게 평가해 주길.

디킨슨의 시에는 제목이 붙어 있지 않다. 발표하기 위해 쓴
게 아니라서 그랬을 수도 있겠다. 그래서 디킨슨의 시를 이야
기하거나 인용할 때는 첫 행의 구절을 제목으로 삼곤 한다.

영화는 시를 중심에 놓고 끌어간다고 할 만큼 무척 많은 시
들을 인용하고 있다. 그런데도 「행위는 처음에 생각을 노크하
지」라든지 「만약 내가 아픈 마음 하나 달랠 수 있다면 헛되이
사는 것은 아니리」처럼 독자에게 사랑받는 시들이 빠져 있는

데, 그건 내 개인적인 아쉬움에 따른 것일 뿐, 영화를 보는 내내 디킨슨의 아름다운 시들을 감상할 수 있도록 해 준 것만도 고마운 일이다.

디킨슨은 사후에, 그것도 오랜 시간이 지난 다음에 제대로 된 평가를 받기 시작했다. 시를 쓰면 모두 시인이긴 하지만, 모든 시인이 다 똑같을 순 없다는 것도 사실이다. 시를 쓰는 것도 중요하지만 시가 독자들을 만나고 그들의 마음속으로 들어가 오래도록 기억될 수 있도록 하는 것도 중요하다. 나는 진짜 시인은 독자들에게 읽히고 인정받는 순간 탄생하는 거라고 생각한다. 그래서 어떤 시인은 생전이 아니라 사후에 뒤늦게 탄생하기도 하는 법이다. 디킨슨이 시에서 말한, 불멸이 보여 주는 세 번째 사건이 그래서 경이롭게 다가온다. 그럴 수 있었던 건 다음과 같은 구절처럼 디킨슨이 '슬픔의 기병대' 역할을 포기하지 않았기 때문이리라.

소리 내 싸우는 건 아주 용감하다.
하지만 더욱 용감한 건
내면에서 싸우는 슬픔의 기병대.

그런 디킨슨의 시와 삶에 경의를 표하는 시인들이 많다. 디킨슨이 '자연을 사랑하듯 / 나도 후하게 평가해 주길' 바라는 요청에 응답한 사람 중 한 명이 노르웨이의 국민 시인으로 불리는 울라브 하우게(1908~1994)다. 하우게는 농업학교를 졸업한 뒤 평생 자신이 태어난 고향 울빅을 떠나지 않고 정원사로 일하며 시를 썼다. 여러 면에서 디킨슨과 닮은 점이 많은 시인이다. 그런 하우게가 디킨슨을 생각하며 쓴 시가 있다.

세 편 썼어

세 편 썼어,

그가 말했다.

시를 세다니.

에밀리는 시를

상자 안에 던져 버리곤 했지, 난

그녀가 몇 편인지 헤아리는 모습은 상상조차 못 하겠어,

그저 차 포장지를 펼쳐

또 한 편을 썼지.

그게 옳아 좋은 시란

차 냄새가 나야 해

아니면 거친 흙이나 새로 쪼갠 장작 냄새든.

시에 나오는 에밀리는 디킨슨을 말한다. 디킨슨은 시에 나오는 것처럼 차 포장지뿐만 아니라 편지 봉투를 해체한 종이나 메모지, 일상생활에서 나오는 다양한 종잇조각들 위에 시를 쓰곤 했다. 생전에는 거의 알려지지 않았던 디킨슨의 시가 멀리 북유럽의 노르웨이 시골 마을에 사는 시인에게도 가닿았으니 디킨슨도 더 이상 외롭지 않을 것이다. 디킨슨의 내면에 자리하고 있던 '조용한 열정'이 디킨슨의 집 울타리를 넘어 꾸준히, 아득히 먼 곳에 사는 이들에게까지 번지고 있는 중이다.

무척 중요한

한 가지 기술

엘리자베스 비숍의 연인
브루노 바레토, 2013

비숍이라고 하면 내 머리 속에는 김수영 시인의 시 「거대한 뿌리」에 나오는, '나는 이사벨 버드 비숍 여사와 연애하고 있다 그녀는 // 1893년에 조선을 처음 방문한 영국왕립지학협회 회원이다'라는 구절이 먼저 떠오른다. 이사벨 비숍 여사는 구한말에 조선에 들어와 4년 동안 생활했으며, 이때 경험한 내용들을 정리해 1898년에 『조선과 그 이웃나라들』을 출판해서 서양에 조선이라는 나라를 알렸다.

그렇다면 엘리자베스 비숍(1911~1979)은? 미국을 대표하는 시인 중 한 명이라지만 영화를 접하기 전까지 나는 그런 시인이 있다는 사실을 몰랐다. 평소 외국 시를 즐겨 읽는 편이 아니라 그랬을 테지만 괜히 무안한 마음이 들기는 했다. 엘리자베스 비숍의 시 몇 편이 소개되어 있을 뿐 개별 시집은 아직까지 국내에서 출간된 적이 없다는 사실로 변명을 삼아도 될까?

엘리자베스 비숍(미란다 오토)은 레즈비언이었다. 영화 제목에 나오는 '연인'은 15년 동안 그의 동성 연인이었던 브라질의 유명한 여성 건축가 로타 소아레스(글로리아 피레스)를 가리킨다. 영화는 브라질 감독이 만들었는데, 원제는 'Flores Raras(드문 꽃들)'이었으며, 영어권에서는 'Reaching for the Moon'이라는 제목을 사용했다. 직역하면 달을 향해 손을 뻗는다는 뜻이지만 보통 불가능을 꿈꾼다는 의미로 사용한다. 영화를 수입하며 제목을 노골적인 표현으로 바꾸었는데, 상업성을 염두에 둔 판단이었을 것이다. 그렇다 해도 엘리자베스 비숍의 전 생애를 다룬 게 아니라 로타와 보냈던 시간만 집중해서 다루고 있으므로 크게 잘못됐다고 하기는 어렵다.

영화는 1951년 가을의 뉴욕에서 시작한다. 엘리자베스가 칼이라고 부르는 로버트 로웰(1917~1977)이라는 동료 시인에게 자신이 쓴 시를 들려준다.

잃는 기술을 숙달하긴 어렵지 않다.

많은 것들은 상실의 각오를 하고 있는 듯하니

그것들을 잃는다 하여 재앙은 아니다.

매일 뭔가 잃도록 하라.

열쇠를 잃거나 시간을 허비해도

그 낭패감을 잘 견뎌라.

잃는 기술을 숙달하긴 어렵지 않다.

듣고 난 로웰은 불완전한 느낌이라며, 관찰한 걸 그대로 옮겨 놓은 듯하고 막 흥미로워질 때 끝나 버리는 것 같다는 감상을 전한다. 이 시는 영화의 마지막 장면에 완성된 형태로 다시 등장한다. 제목은 'One Art', 흔히 '한 가지 기술'로 번역되어 있는데, 엘리자베스의 대표시로 가장 널리 알려진 작품이다. 이어지는 부분은 이렇다.

그리곤 더 많이, 더 빨리 잃는 법을 익혀라.
장소든, 이름이든, 여행하려 했던 곳이든
그런 건 아무리 잃어도 재앙이 아니다.

난 어머니의 시계를 잃었다.
그리고 보라!
내가 사랑했던 세 집 중
마지막, 아님 그전 것인가도 잃었다.
잃는 기술을 습득하긴 어렵지 않다.

난 아름다운 두 도시를 잃었다.
더 넓게는 내가 소유했던 얼마간의 영토와
두 강과 하나의 대륙을

그것들이 그립지만 그렇다고 재앙은 아니었다.

당신을 잃어도
그 장난스런 목소리와 내가 사랑한 제스처.
거짓말은 하지 않겠다.
분명, 잃는 기술을 숙달하기는 별로 어렵지 않다.
그것이 솔직히 말해, 재앙처럼 보이긴 해도.

이 작품을 번역해서 우리나라 독자들에게 소개했던 류시화 시인에 따르면 엘리자베스 비숍은 이 시를 최종 탈고하기까지 열일곱 번이나 고쳤다. 결벽증에 가까울 만큼 자신의 작품에 엄격했다는 걸 알 수 있고, 그래선지 죽기 전까지 총 101편의 작품만 남겼다고 한다. 영화에서도 그런 성향을 알 수 있게 하는 장면이 나온다.

엘리자베스는 로웰에게 자신은 이제 지쳤고 외국으로 여행이나 떠나야겠다고 말하며, 혹시 자신에게 무슨 일이 생기면 묘비명에 세상에서 가장 외로운 사람이었다는 말을 써 달라고 부탁한다. 그런 다음 브라질에 사는 친구 메리를 찾아가는데, 거기서 메리의 애인 로타를 만난다. 로타는 매사에 활달하고 적극적이며 남성적인 매력을 지녔다. 여럿이 모인 저녁

식사 자리에서 엘리자베스는 로타가 권하는 술을 사양하는가 하면, 옆자리에 앉은 카를로스가 엘리자베스의 시를 외워서 낭송하다 마지막 부분이 생각나지 않는다며 직접 들려주길 부탁하지만 그마저 거부한다. 화가 난 로타는 식사 후 엘리자베스를 찾아가 무례한 행동이었다며 질책한다. 그러자 엘리자베스는 이렇게 말한다.

"모두가 당신처럼 자기 작품을 자랑스러워할 순 없어요. 정말이에요. 정말 존경스러워요. …제 작품을 들으면 전… 당황스러워요."

그 말을 들은 로타는 엘리자베스가 오만한 게 아니라 심약한 성격을 지녀서 그랬다는 걸 이해하게 되고, 그런 엘리자베스에게 애정을 느낀다. 로타는 엘리자베스를 위해 언덕을 깎아 집을 짓고 집필실로 사용하도록 해 준다.

그렇게 해서 두 사람은 연인 관계가 되는데, 문제는 로타가 먼저 사귀고 있던 메리다. 로타는 두 명 모두 포기하지 않으며, 분노한 메리는 집을 나갔다가 결국 다시 돌아와 기묘한 상태로 삼각관계를 이어간다. 로타의 이기심이 지나치지 않느냐는 비판이 가능한 대목이긴 한데, 연애 문제를 제삼자가 나서서 옳고 그름을 따져 가며 판단하기는 어려운 문제일 수 있다. 그런 가운데서도 엘리자베스는 로타가 지어 준 집필실에서 열심히 시를 쓰고 마침내 『남과 북』이라는 시집으로 퓰리처상을 받는다. 1956년의 일이다.

그러던 중 뉴욕대학에서 한 학기 동안 강의를 해 달라는 요청을 받는다. 사랑하는 연인과 늘 같이 있고 싶어 하는 건 누구나 마찬가지여서 로타는 엘리자베스에게 강의를 포기하라고 한다. 반대를 뿌리친 엘리자베스는 뉴욕으로 향하고, 정부를 등에 업고 대규모의 공원 조성 사업을 하던 로타는 정부의 배신으로 인해 파산한다. 실의에 빠진 로타는 우울증과 신경쇠약으로 정신병원에 입원했다가 엘리자베스를 만나기 위해 비행기를 탄다. 하지만 엘리자베스를 만난 로타는 엘리자베스의 집에서 우연히 로렌스의 시집을 집어 들었다가 속표지에 적힌 글을 보고 충격을 받는다. 엘리자베스에게 마가렛이라는 새 애인이 생겼다는 걸 안 로타는 약을 먹고 자살한다.

엘리자베스가 브라질에 가서 로타를 만나 서로 사랑하는 사이로 지냈다는 것 말고는 대부분 실제가 아니다. 메리는 가상의 인물이며, 로타가 사업 파산으로 우울증에 걸려서 죽은 건 맞지만 뉴욕으로 엘리자베스를 만나러 갔다가 약을 먹고 죽은 건 아니다. 로타는 브라질에서 죽었으며, 마가렛도 가상의 인물이다. 로타가 죽은 후 엘리자베스는 미국으로 돌아가 로버트 로웰의 도움으로 시카고대학에서 학생들을 가르쳤다.

모든 전기 영화는 어느 정도 허구를 가미한다. 그래야 다큐가 아닌 영화가 되기 때문이다. 하지만 허구가 어느 정도, 어느 선까지 허용되느냐 하는 건 계량하기 어려운 문제다. 그래도 내가 보기에 이 영화는 심했다는 생각이 든다. 엘리자베스는 자기 작품을 남 앞에서 낭송하는 것조차 꺼릴 정도였으며, 자신의 삶을 타인에게 드러내길 원하지 않았다. 그래서 자신이 레즈비언이라는 사실을 부정하지는 않았지만 그런 식으로 알려지거나 규정받는 걸 부담스러워하기도 했다. 그렇다 해도 로타와의 관계는 남들도 다 아는 사실이었으므로 그런 사실을 빼고 영화를 만들기는 힘들다.

다만 자신의 절친인 메리가 먼저 관계 맺고 있던 로타와―영화에서는 비록 로타가 적극적으로 밀어붙인 걸로 나오지만―연인 관계가 되도록 설정한 걸 어떻게 봐야 할까?(영화 내내 엘리자베스는 메리에게 미안하다는 말을 하지 않는다). 게다가 엘리자베스가 미국에서 새로운 연인을 만들고 그래서 로타가 자살했다는 설정은 너무 지나쳤다. 엘리자베스 비숍은 훗날 자신의 삶이 이런 식으로 영화화되리라는 걸 알았을까? 혹시라도 알게 됐다면 끔찍하게 여기지 않았을까? 맥락 없이 미화하는 것도 문제지만, 이런 식으로 과도한 허구를 섞어 당사자의 삶을 왜곡하는 건 감독의 재량을 넘어서는 일로 보인다.

엘리자베스는 평생 상실감과 외로움에 시달렸다. 영화의 앞뒤를 장식하고 있는 시에서 엘리자베스는 자신이 살면서 많은 것들을 잃어 왔다고 고백한다. 동시에 그런 상실감을 극복하는 게 중요함을 전한다. 무척 담담하게 서술하고 있는 것처럼 보이지만, 그런 단계에 이르기까지 시인의 내면은 수없이 소용돌이쳤을 것이다. 시에서 '잃는 기술을 숙달하기는 별로 어렵지 않다'고 말한 것처럼 정말 그런 단계에 도달했는지는 모른다. 도달했다고 여겼지만 실제로는 그러지 못했을 수도 있다. 시인이 평생 알코올 중독에서 벗어나지 못했으므로. 어쩌면 나약한 심성을 지닌 본인에게 하는 다짐이었는지도 모르겠다는 생각도 해 본다.

엘리자베스에게 가장 커다란 상실감을 안긴 건 자신이 태어난 뒤 8개월 만에 아버지가 죽었다는 것과, 다섯 살 때 어머니가 정신병원에 입원했다는 사실이다. 그 후 어머니가 돌아가실 때까지 한 번도 얼굴을 보지 못했다. 부모의 불행은 영화 안에서 본인의 입으로 간단히 언급된다. 어쩔 수 없이 친척 집을 돌아다니며 성장하긴 했지만 그래도 부유한 건축가였던 아버지가 남긴 유산 덕분에 경제적인 어려움은 겪지 않았다. 인생 후반기에는 로타의 죽음이 커다란 상실감을 안겨 주었다. 사랑하는 애인이자 든든한 후원자였으니 당연한 일이다. 친구였던 로웰에게 자신이 죽으면 묘비에 가장 외로운 사람이었다고 써 달라고 했던 부탁은 스스로 본인의 삶이 어떻게 흘러왔고, 앞으로 어떻게 흘러가리라는 걸 충분히 짐작하고 있었기 때문일 것이다.

영화가 끝나면 자막이 올라오는데, 다음과 같다.

위대한 시를 남긴 여성은 매우 드물다. 오직 네 명만이 남성 시인들과 어깨를 나란히 하고 있다. 에밀리 디킨슨, 매리언 무어, 엘리자베스 비숍, 실비아 플라스. ― 로버트 로웰

난 여성 시인 네 명 중의 하나라고 불리기보다 성별에 상관없이 '16번째 시인'이라 불리고 싶다. 비록 다른 세 명의 여성 시인이 꽤 훌륭하다 해도. ― 엘리자베스 비숍

로버트 로웰이 거론한 네 명은 모두 미국 시인이다. 오로지 로버트 로웰 개인의 판단이므로 다른 사람의 평가는 다를 수 있을 것이다. 에이드리언 리치나 앤 섹스턴 같은 뛰어난 시인을 왜 빼놓느냐는 항변을 하는 사람도 있을 수 있다. 어쨌거나 로웰이 거론한 여성 시인 중 매리언 무어를 뺀 세 명은 전기 영화가 만들어졌다. 글로 쓰는 평전과 달리 영화는 극적인

서사가 있어야 한다. 에밀리 디킨슨은 죽을 때까지 발표도 못할 시를 쓰면서 집 바깥으로 출입을 거의 하지 않았고, 실비아 플라스는 가스 오븐에 머리를 들이민 채 자살했다. 그리고 엘리자베스 비숍은 레즈비언이었다. 영화가 될 만한 스토리를 내재한 인물들이었다고 하겠다.

엘리자베스 비숍이 여성 시인이라는 범주로 묶이기를 거부한 건 충분히 이해할 수 있는 일인데, '16번째 시인'이 되고 싶다고 한 건 어떤 의미였을까? 내 능력으로는 '16번째'라는 말이 지닌 함의를 파악할 수 없었다. 16번째에 특별한 의미가 있는 건지, 자신이 존경하는 미국 시인의 숫자가 열다섯인지, 단순히 적당한 숫자를 끌어온 건지 알 길이 없다.

엘리자베스 비숍이 미국 현대문학사에서 중요한 위치를 차지하는 시인임은 분명하다. 영화는 로타와의 레즈비언 관계에 초점을 맞추고, 그에 맞도록 모든 사건과 인물을 배치했다. 그러다 보니 엘리자베스의 상실감을 복합적으로 분석하고 파악하면서 그것이 시인의 시 정신과 창작에 어떤 영향을 미쳤는지에 대한 탐구까지 나아가지는 못하고 있다. 영화에 그 모든 걸 바라는 건 지나친 욕심일 테지만 아쉽기는 하다.

영화 속에서 엘리자베스가 뉴욕대학의 학생들을 만나는 장면이 짧게 나온다. 엘리자베스는 학생들에게 이렇게 말한다.

사실, 내가 여기서 뭘 하는지 나도 잘 모르겠어요. 왜냐하면 시를 쓰는 건 가르칠 수 있는 일이 아니라 생각하거든요. 내가 할 수 있는 건 시인의 시각을 갖게 해 주는 거예요.

시인의 시각이란 어떤 걸 말할까? 사물과 사람, 그리고 세상을 바라볼 때 보통 사람과는 다른, 여타 사람들이 보지 못하는 걸 볼 줄 아는 시각을 말하는 걸 테다. 문제는 그래야 한다는 걸 몰라서가 아니라 그렇게 하기가 무척 어렵다는 사실이다. 그러므로 이건 이론은 물론 설명으로도 해결이 안 되는 영역일 수 있다. 내가 대학 다닐 때 황순원 선생님이 소설 전공 명예교수로 계셨다. 선생께서 강의 시간에 소설에 대해 가르쳐 준 건 아무것도 없었다. 그런데도 이상하게 황순원 선생님이 앞에 계시다는 사실만으로도 큰 힘이 되었던 기억이 있다. 선생께서 전해 주신 분위기, 거기서 절로 풍겨 나오는 아우라가 알게 모르게 학생들에게 영향을 미치고 있었다. 시가 됐건 소설이 됐건 문학적 가르침은 그렇게 언어 바깥에서 무의식을 매개로 해서 일어나기도 한다. 엘리자베스 비숍이 시에서 말하는 한 가지 기술 역시 누군가의 가르침을 통해 배울 수 있는 건 아니리라.

무명 시인들을

위하여

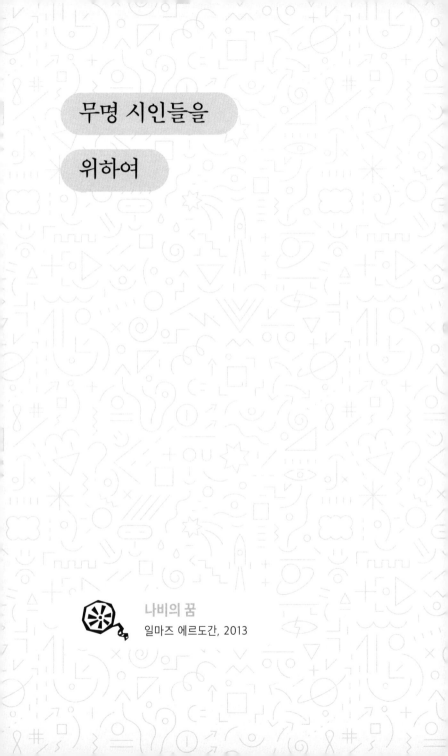

나비의 꿈
일마즈 에르도간, 2013

해마다 신년이 되면 신문사별로 신춘문예 당선자 공고가 난다. 수백 대 일, 수천 대 일의 경쟁을 뚫고 당선된 사람들이다. 그렇게 어렵사리 시인의 자격을 얻은 다음 꾸준히 시를 쓰고 시집을 내면서 시인으로 활동하면 좋으련만, 상당수가 어디서 무얼 하고 있는지조차 모르게 사라지고 만다. 신춘문예 당선은커녕 수없이 공모전에 응모만 하다 결국 포기하고 주저앉은 이들은 또 얼마나 많을까? 그런 무명 시인들을 기억해 주는 사람은 아무도 없다. 씁쓸하지만 그게 현실이다.

튀르키예 영화 〈나비의 꿈〉은 두 무명 시인의 우정과 사랑을 다룬 영화로, 무대는 1940년대 튀르키예의 종굴다크 주에 있는 탄광 마을이다. 영화는 실화를 바탕으로 했다는 사실을 밝히며 시작한다. 류슈투(메르트 피라트)는 탄광에서 지상 근무자로 일하고 무자퍼(키반 타트리투그)는 기술직 공무원이다. 둘은 절친이면서 시만 생각하며 사는 열혈 문학 청년들이다. 하지만 자신들이 쓴 시를 문예지에 투고하는 족족 떨어지기만 한다. 그래도 다행인 건 두 사람 곁에 늘 응원하고 격려하는 문학 교사 베히쳇(일마즈 에르도간)이 있다는 사실이다.

둘은 베히쳇을 졸라 저녁을 얻어먹으며 자신들이 장차 문학잡지를 만들 텐데 제호를 무엇으로 하면 좋을지 의견을 주고받으며 즐거워한다. 가난한 청년들에게 문학잡지를 만들만한 재정 여력이 있을 리 없다. 그래도 열정만큼은 대단해서 불가능을 불가능으로 여기지 않는다. 내가 지나온 시절을 돌이켜 봐도 10대 후반에서 20대 초반 사이의 문학 청년들이 뭉쳐 동인지를 펴내곤 하는 걸 많이 봤다. 작품 수준도 그렇거니와 마스터 인쇄 같은 형태로 조잡하게 만든 것들이 대부분이었지만 그래도 문학에 목숨 걸겠다는 비장한 각오들이 충만했던 시절이다.

베히쳇이 두 청년에게 시 한 구절을 들려준 다음 누구의 시냐고 묻는다.

내게는 참을성이

당신에게는 충성심이 없는데

이 둘이 원하는 것의 결과가 무엇이겠소?

그러자 류슈투가 유수프 나비의 작품이라고 대답한다.

영화 자체가 실화를 바탕으로 했으므로 유수프 나비도 실존 인물일 거라는 생각이 들어 조사해 보았으나 웹 검색 결과는커녕 위키백과에도 나오지 않았다. 그러다 튀르키예의 감독 세미 카플라노글루가 유수프 시인의 삶을 〈에그〉, 〈밀크〉, 〈허니〉의 3부작 영화로 만든 게 있다는 걸 알게 됐다. 그중 우리나라에는 〈허니〉만 소개됐는데, 유수프의 어린 시절을 다룬 작품이다. 두 청년의 스승인 베히쳇 또한 튀르키예의 대표적인 시인으로, 베히쳇 시문학상까지 제정되어 있을 정도지만 어디에서도 관련 정보를 찾을 수 없다. 그러니 시집 한 권 남기지 못하고 무명 시인으로 살다 젊은 나이에 죽은 류슈투나 무자퍼를 누가 알겠는가. 튀르키예 사람들도 거의 모르고 있을 게 분명하다.

류슈투와 무자퍼는 항구에서 우연히 수잔이라는 여학생이 배에서 내리는 걸 보게 된다. 둘은 첫눈에 수잔에게 마음을 빼앗긴다. 경쟁 관계에 있는 두 청년은 수잔에게 각자 시를 써서 전한 다음 누구 시가 좋은 평가를 받게 될지 내기를 건다. 진 사람이 양보하는 조건을 걸면서. 당연히 수잔의 동의 같은 건 물어보지 않았고, 수잔이 시를 좋아하는지 아닌지도 모르는 상태다. 나중에 알고 보니 수잔은 문학에는 관심이 없고, 댄스나 테니스를 좋아하는 여학생이다.

둘은 무작정 수잔에게 다가가 자신들이 연극을 만들어 공연할 준비를 하고 있는데, 거기에 배우로 출연해 달라고 한다. 엉뚱하기 짝이 없는 제안이었지만 수잔은 어리숙하면서 순수해 보이는 두 청년에게 끌리기 시작하고, 틈나는 대로 셋이 어울려 즐거운 시간을 보낸다. 그러면서 류슈투의 제안에 따라 '강제 노역 시기의 사랑'이란 연극을 만들어 공연할 계획까지 세운다.

튀르키예는 1940년에 강제노동법을 만들어 종굴다크 주에 사는 15~65세 남자는 모두 광산 일에 동원하고 있었다. 영화는 두 문학 청년과 수잔 사이의 사랑을 주 테마로 하고 있지만 당시의 시대 상황도 중요한 배경으로 삼고 있다. 광산에서 일하는 노동자들의 힘겹고 비참한 노동 현장을 길게 보여 주고, 광산 동원을 거부한 일명 '노동 기피자'들을 군인들이 쇠사슬로 묶어 끌고 가는 장면도 나온다. 그런 암울한 상황 속에서도 시를 쓰고 사랑을 추구하는 젊은이들이 있었다는 걸 영화는 보여 준다. 연극 제목이 '강제 노역 시기의 사랑'인 것도 그런 상황을 드러내기 위함이리라.

영화 중간에 여러 편의 시가 낭송으로 나오는데, 누구의 작품인지에 대한 설명은 없다. 문학교사 베히쳇의 시인지 아니면 류슈투나 무자퍼가 남긴 유고시 중에서 고른 건지 알 길은 없다. 그중에서 당시의 시대 상황을 은유하고 있다고 생각되는 시 한 편을 옮긴다.

수년간 십자가에 매달려 있는 내게
그 나날들이 내 몸에 돌을 던지고
내 시야에 못을 박는다
계절은 오고 가며 비구름이 드리운다
내 뚜껑 달린 솥이
고기와 고통
둘 중 무엇을 끓이는지 누가 알겠는가

솥 안에 넣고 끓이는 게 고기인지 고통인지 모르겠다는 말이 의미심장하게 다가온다.

연극을 공연하기로 했지만 류슈투와 무자퍼는 대본을 타이핑할 종이조차 사기 힘들 정도로 가난한 데다, 둘 모두 폐결핵 환자다. 무자퍼의 직장에서 몰래 가져온 타자기로 대본을 타이핑하던 중 타자기를 떨어뜨려 망가뜨리는 바람에 무자퍼가 해고되는 일까지 발생한다. 그에 반해 수잔은 부잣집 딸로 곱게만 자랐다. 애초에 어울리기 힘든 조합이었고, 뒤늦게 사실을 알게 된 수잔의 아버지가 연극 연습장에 나타나 수잔을 끌고 간다. 자신의 딸이 하필이면 가난한 데다 폐결핵에 걸린 환자들과 어울리는 걸 용납할 수 없었기 때문이다.

평소에도 상태가 안 좋았던 류슈투는 병원에 입원하고, 무자퍼는 바닷가에서 수잔을 만나 장자의 호접몽(胡蝶夢) 이야기를 들려준다.

> 신비주의자가 나비가 되는 꿈을 꿨어. 혼란스러워하며 잠에서 깼지. 자신이 나비가 되는 꿈을 꾼 걸까? 아니면 나비가 자신이 되는 꿈을 꾸고 있는 걸까?

〈나비의 꿈〉이라는 영화의 제목은 여기서 가져왔다. 이 이야기는 다양한 해석이 가능하지만 현실이 비현실일 수도 있고, 비현실이 현실일 수도 있다는 얘기로도 해석이 가능하다. 현실과 비현실이 명확히 나뉘는 게 아니라 둘이 하나일 수도 있지 않을까? 류슈투와 무자퍼가 처한 현실은 암담하지만 그들은 꿈속의 나비처럼 자유롭게 나는 꿈을 꾸고 있는 존재라는 걸 말하고 싶었겠다는 생각이 든다.

병세가 점점 심해진 류슈투는 베히쳇 선생의 도움으로 요양소에 들어간다. 류슈투가 요양소에 가 있는 동안 수잔은 무자퍼를 졸라 류슈투가 구상했던 연극처럼 남장을 하고 탄광에 들어가 보자고 한다. 수잔은 천진난만한 데다 호기심이 많은 여자다. 탄광에 들어가는 건 위험한 일이고 더구나 광부도 아닌 사람이 정상적인 방법으로 들어갈 길이 없다. 그래도 겁 없는 청춘들답게 수잔에게 남장을 시켜 몰래 탄광 안으로 들어갔지만 모험의 결과는 참혹했다.

탄광 안에서 마주친 비참한 풍경에 수잔은 어쩔 줄 몰라 한다. 부잣집 딸로 자라 그런 현실이 실제로 존재하리리라곤 상상도 못해 본 일이었기 때문이다. 더욱 당황스러운 일은 작업 시간이 끝나고 밖으로 나올 때 벌어졌다. 작업자 모두 소독을 위해 벌거벗어야 한다는 걸 몰랐던 탓이다. 결국 수잔의 정체가 탄로난 다음 무자퍼는 분노한 수잔 아버지가 보낸 사내들에게 무차별 구타를 당한다.

무자퍼 역시 폐결핵 병세가 악화되자 이번에도 베히쳇 선생이 무자퍼를 데리고 섬에 있는 요양소로 간다. 하지만 내과 과장은 입소를 신청하고 몇 년이나 대기 중인 환자들이 있는데, 중간에 다른 환자를 받는 건 불공정하다며 거절한다. 다급해진 베히쳇은 무자퍼가 촉망받는 시인이라며, 그 자리에서 시를 한 편 읽어 보라고 시킨다.

내가 죽으면 그들은 날 이렇게 말하겠지.

"그가 한 거라곤 시를 쓰고

주머니에 손 넣은 채

비 내리는 밤 방황한 것뿐이라고."

"안타깝네."

내 일기를 읽고 나면 이렇게 말하겠지.

"이 얼마나 불행한 청년인가?

가난에 패배하다니."

시 덕분에 무사히 요양소에 들어간 무자퍼는 류슈투와 반갑게 재회한다. 요양소는 마치 고급 휴양소와 같은 시설을 갖추었으며 식사 때마다 기름진 음식이 나온다. 더구나 마음껏 글을 쓸 수 있도록 타자기가 있는 공간도 있다. 시를 쓰기에 최적인 환경과 장소인 셈이다. 베히쳇의 당부대로 두 사람은 열심히 시를 써서 베히쳇에게 보낸다. 그러는 동시에 무자퍼는 수잔에게 줄곧 편지를 보내지만 모두 반송되어 돌아온다. 한편 류슈투는 요양소에서 메디하라는 여성을 만나 사랑에 빠졌는데, 메디하는 몸 상태가 좋지 않은데도 결핵균이 사라졌다면서 퇴원을 강요받는다. 메디하를 혼자 내보내기 싫은 류슈투와 수잔을 보고 싶어 하던 무자퍼는 메디하가 퇴원할 때 요양소를 탈출한다. 한번 나가면 재입소가 불가능하고, 자신들의 병이 다 낫지 않았음에도 사랑의 힘이 탈출을 감행하도록 이끌었다. 이런 선택이 파국의 결말로 치닫게 되리란 걸 두 사람은 알았을까?

요양소에서 나온 두 사람은 이스탄불로 간다. 그곳이 메디하의 고향인 데다 수잔도 아버지가 이스탄불에 있는 학교로 전학시켰기 때문이다. 요양소에서 나온 다음 좋은 일과 나쁜 일이 번갈아 찾아든다. 첫째는 두 사람의 시가 드디어 문학잡지에 실렸다는 사실이다. 그동안 투고할 때마다 퇴짜를 맞아 왔던 터라 소식을 들은 두 사람은 뛸 듯이 기뻐한다. 무자퍼가 이스탄불에서 다시 만난 수잔에게도 같은 소식을 전할 수 있었다. 수잔도 두 사람과 마찬가지로 무척 기뻐한다. 두 번째는 류슈투와 메디하가 결혼했다는 사실이다. 하지만 행복한 시간은 오래가지 않았다. 요양소에서 나올 때부터 몸이 안 좋았던 메디하가 돈이 없어 제대로 치료도 못 받은 채 숨을 거두었기 때문이다. 왜 이리 불행은 행복을 시기하는 걸까? 그런 생각을 해 보지 않을 수 없다. 비통함에 빠져 있는 류슈투와 무자퍼 두 사람을 비추는 동안 시 한 편이 흘러나온다. 역시 누구의 작품인지는 밝히지 않고 있다.

신이시여, 단 한 번도

제 영혼을 드러내지 않았습니다.

재회는 심판의 날까지 미뤄야겠습니다.

항구에는 범선도, 배도 없지만

탈출을 위해

긴 항해를 기다려야만 합니다.

산호 해변에 있다고 하는 배를 찾기 위해

암울한 나날을 보내야만 합니다.

슬픔에 빠져 있는 류슈투에게 무자퍼는 수잔이 류슈투의 시를 더 좋아했다는 사실을 밝힌다. 그러면서 이렇게 말한다.

"넌 시를 썼고 난 연애편지를 쓴 거야. 그게 무슨 뜻이겠어? 수잔은 시를 이해한다는 거야."

영화에서도 무자퍼가 수잔을 더 좋아하는 걸로 나온다. 그러니 시를 쓴다고 했지만 연애편지 같은 형식으로 흘렀을 테고, 이를 통해 시는 단순히 감정의 토로가 아니라는 점을 유추할 수 있다. 수잔이 시를 이해한다는 말은 나중에 수잔의 진로와도 연결된다.

아내를 잃은 류슈투는 급격히 건강이 악화하면서 얼마 안 지나 아내 뒤를 따라간다. 류슈투는 아내 곁에 나란히 묻혔고, 나무로 만든 묘비에 적힌 이름을 바라보던 무자퍼가 다가가 그 위에 '시인'이라고 적는다. 자신이라도 류슈투가 진짜 시인이었음을 인정해주고, 다른 사람들에게도 그렇게 기억되도록 하기 위함이었을 것이다. 그렇지 않다면 류슈투가 이 세상에 왔다 간 의미를 어떻게 설명할 수 있겠는가.

이 장면을 보면서 나는 장재인이라는 사람을 떠올렸다. 1990년 여름에 섬강을 건너가는 다리에서 버스가 강물로 추락하는 바람에 많은 승객들이 목숨을 잃는 참사가 있었다. 사고로 아내와 아들을 잃은 장재인은 장례를 치른 다음 목을 매어 아내와 아들 곁으로 갔다. 이런 아픈 사연은 당시 언론에 크게 보도되었으며, 〈섬강에서 하늘까지〉라는 영화로도 만들어졌다. 이 영화는 오래되어 지금은 찾아보기 힘들다.

장재인의 사망 후 공주사대 출신 선후배들이 장재인이 평소에 써 둔 시들을 모아 유고 시집을 엮었다. 장재인은 대학 재학 중 학보사 기자 생활을 했으며, 1980년 격동기에 학생회장을 맡아 활동하다 제적당하고 강제징집을 당했다. 그런 이유로 뒤늦게 교사의 길에 들어섰으며, 아내와는 근무지가 달라 주말부부로 지내던 참이었다. 유고 시집을 만들면서 학보사 동기인 신현수 시인은 발문을 통해 '나는 그가 아내와 아들을 따라간 순결한 남편으로도 남기를 원하지만 이 땅에 한 사람의 시인으로도 남기를 원한다'라고 썼다. 친구가 시인으로 기억될 수 있도록 애쓰는 마음 씀씀이가 아름답게 다가온다. 비슷한 사례를 찾자면 더 있을 테고, 이름 한 줄 제대로 남기지 못하고 잊힌 무명 시인들은 훨씬 많을 것이다.

영화의 마지막 장면은 베히첵 선생의 독백으로 끝난다.

"왜 이 얘기를 진작 안 했는지 모르겠다. 어쩌면 다들 근심을 안고 사는지도 몰라. 어쩌면 네가 없어서, 어쩌면 편지로 쓴 적이 없어서, 어쩌면 나비가 너무나 행복한 꿈을 꿔서 그 잠에서 깨어나고 싶지 않았는지도."

그리고 영화가 끝난 후 다음과 같은 자막이 뜬다.

한참 나중에 밝혀졌지만 메디하 오누르는 진단을 늦게 받은 탓에 맹장 파열로 사망했다.

수잔 오쇼이는 이후 문학 교사로서의 삶을 살았다.

베히첵 네자티길은 튀르키에에서 가장 존경받는 시인이 되었다.

류슈투는 아내 사망 17일 후 22세의 나이로 죽었다.

무자퍼 타이입 우슬루는 26세의 나이로 죽었다.

그들은 잊히고, 또 잊혔다.

오늘이 오기 전까지….

이 영화는 잊힌 모든 시인을 기억하기 위해 만들어졌다.

시에 문외한이고 스포츠 소녀라 불리던 수잔은 어떻게 해서 문학 교사의 길을 걷게 되었을까? 두 무명 시인과 어울리며 시와 문학에 대한 눈을 떴을 거라는 짐작과 함께 나는 한 가지 추론을 덧붙이고 싶다. 수잔이 탄광 안에 들어가 광부들의 비참한 처지를 목격했을 때 받았던 충격도 영향을 미치지 않았을까 싶다. 문학은 고통과 슬픔 쪽으로 기울기 마련이므로.

무엇보다 무명 시인들을 호명하는 영화를 만든 감독에게 경의를 표하고 싶다. 참, 두 무명 시인을 응원하고 격려하는 베히쳇 역을 맡은 배우가 바로 감독 자신이다. 일마즈 에르도간 감독은 배우로도 활동하며 여러 편의 영화에 출연했는데, 바흐만 고바디 감독이 만든 〈코뿔소의 계절〉의 주인공 역도 일마즈 에르도간 감독이 맡아서 열연했다.

문학소녀는

왜 갱단의 일원이

되었을까?

우리에게 내일은 없다
아서 펜, 1967

고등학교 다닐 때 시 쓰는 걸 즐기고 문예 행사에 나가 상도 받은 여학생이 있었다. 하지만 이 여학생은 몇 년 지나지 않아 은행을 터는 무장 갱단의 일원이 된다. 어떻게 해서 이토록 극단적인 변신을 하게 됐을까? 사뭇 궁금증을 자아내는 그녀의 이름은 보니 파커(1910~1934)로 실존 인물이다.

할리우드 영화 중 명작으로 꼽히는 작품이 많은데, 그중의 한 편이 〈Bonnie and Clyde〉다. 이렇게 말하면 낯설어 할 사람이 많을 텐데, 〈우리에게 내일은 없다〉라고 하면 "아, 그 유명한 영화!"라는 반응을 보이는 이들이 있을 듯하다. 페이 더너웨이(보니 역)와 워런 비티(클라이드 역)가 주연으로 나오는 이 영화의 원제는 참 밋밋한데, 일본 사람들이 바꿔 붙인 제목을 우리도 그대로 가져왔다. 영화의 주인공인 보니와 클라이드, 그들과 함께 갱단에 참여한 사람들은 정말 내일을 생각하지 않고 사는 것처럼 보인다. 그래서 바꾼 제목이 원제보다 영화의 내용을 훨씬 실감나게 전해 준다.

제목이 독특하고 강렬해서 그런지 같은 이름의 우리나라 영화가 있는데, 2006년에 노동석 감독이 만들었으며 배우 유아인의 데뷔작이다. 리메이크작은 아니지만 마찬가지로 미래가 보이지 않는 암울한 청년의 좌충우돌을 그린 작품이다.

또 자우림의 노래 중에도 같은 제목을 사용한 게 있다. 노래의 마지막 구절은 이렇게 되어 있다.

별 하나 없는 새까만 밤에 태어나 우린
다시는 오지 않을 태양의 그림자 속을 서성이네.
우리의 내일은 없을 테니까.

본인이 직접 밝힌 적은 없지만, 가사의 내용으로 보아 지금 이야기하고자 하는 영화 〈우리에게 내일은 없다〉에서 모티브를 가져왔을 것이라고 알려져 있다.

영화는 두 주인공의 생전 사진 자료를 보여 주며 시작한다. 그리고 자막으로 간단한 신상 명세를 소개한다.

▶ 보니 파커, 1910년 텍사스 로웨나에서 출생한 뒤 웨스트 댈러스로 이사했다. 1931년, 그녀가 범죄자가 되기 전까지 카페 종업원이었다.

▶ 클라이드 배로우, 소작농 집안에서 출생했으며, 주유소나 터는 좀도둑이었다. 그는 무장 강도로 2년을 복역한 뒤 1931년에 모범수로 석방되었다.

1930년대 초반 미국에 유명한 갱단이 있었다. 대규모 갱단은 아니지만 은행을 털고 경찰관 죽이는 일을 아무렇지도 않게 했다. 그 갱단의 핵심 인물은 클라이드라는 남자고, 보니는 자신의 차를 훔치려던 클라이드의 매력에 끌려 그를 따라다니며 강도 행각에 동참한 여자다.

보니는 고등학교를 다니던 중 동급생과 함께 중퇴를 하고 이른 결혼을 했다. 철없는 행동이라고 비난할 수도 있겠으나 예전에는 그런 정도의 일이 드문 편은 아니었다. 하지만 어린 남편은 잦은 범죄로 감옥을 들락거리고, 보니는 엄마가 하는 카페에서 종업원으로 일하던 중 클라이드를 만났다. 불행을 벗어나고 싶어 그랬을 수도 있겠으나 그 만남은 다른 형태의 불행으로 이어지고 말았다. 아무런 희망도 보이지 않는 삶이 지겨웠던 걸까? 나중에 발견된 그녀의 일기에는 외로움을 토로하는 내용이 많았다고 한다.

클라이드는 또 어떤가? 가난한 농부의 아들로 태어났던 클라이드가 처음 경찰에 체포된 건 빌린 차를 제때 돌려주지 않아서였다. 잘못한 일은 맞지만 저지른 행위에 비해서는 과도한 처벌로 이어진 것도 사실이다. 클라이드는 그 이후 좀도둑질을 하다 여러 차례 감옥 신세를 진다. 눈이 맞은 클라이드와 보니는 훔친 차를 타고 다니며 무장 강도 행각을 벌이는 동안 전국적으로 유명해졌고, 범행도 갈수록 대담해진다.

영화는 실화를 바탕으로 하고 있으며 대체로 사실관계를 충실하게 재현했다는 평을 받았다. 그래도 어느 정도 각색은 불가피해서, 모든 걸 사실로 받아들이면 곤란하다.

클라이드는 악당이긴 하지만 무작정 미워할 수도 없는 묘한 인물이다. 자기 집을 은행에 경매로 넘긴 사람에게 권총을 주어 은행 소유이니 접근을 금지한다는 내용을 적어 놓은 팻말을 향해 쏘도록 하거나, 은행 강도를 하면서도 은행에 찾아온 손님들의 돈은 건드리지 않았다. 비록 무장 강도 짓을 할지언정 약자에 대한 애정이 있었다는 걸 보여 주는 사례다. 이런 일들로 인해 클라이드와 보니가 신문에 오르내릴 때마다 호의적인 시선을 보내는 사람들이 있었고, 도피 중인 이들에게 음식이나 은신처를 제공해 준 사람들도 많았다.

도피 생활 중에도 보니는 틈틈이 시를 쓴다. 영화에서는 시를 써서 직접 신문사에 보내는 걸로 나오지만, 실제로는 중간 은신처였던 곳을 습격한 경찰들이 압수한 사진과 글을 신문사에서 받아 게재하는 바람에 널리 알려졌다. 클라이드와 보니는 강도 행각을 벌이며 다니는 중에 만난 몇 사람을 더 갱단에 합류시켰으며, 이들에 대한 호기심이 신문사들의 취재 경쟁을 부추기고 있었다. 무장 강도임에도 유명인사 취급을 받고 있었다고 할 수 있다.

영화에는 보니가 자신들의 이야기를 소재로 삼아 쓴 「보니와 클라이드의 이야기」라는 제목의 시 전문이 나온다.

어떻게 살았고 죽었는지

제시 제임스의 얘기를 안다면

이제 새로운 얘기인

보니와 클라이드의 얘기를 들어 보자.

보니와 클라이드는 배로우 갱단이며

어떻게 도둑질, 강도질을 했는지 모두 알지만

밀고자는 모두 시체로 발견된다.

사람들은 냉혹한 살인자라고 부르며

무정하고 비열하다고 말한다.

그러나 난 자랑스럽게 말한다.

클라이드는 정직하고 강하며 깨끗했다고

그러나 경찰들은 그에게 욕을 퍼붓더니

감옥에 가뒀고

마침내 자유를 찾기 위해서

그들 몇몇을 죽이게 되었다고 한다.

댈러스에서 경찰이 살해되자

사람들은 단서를 못 찾아내고

보니와 클라이드에게 그 죄를 덮어씌웠다.

평범한 시민들이 사는 것처럼

착하게 살려고 아담한 집을 세내면

셋째 날쯤에 따-따-따앙 기관총을 쏘아대며

싸움을 걸어왔다네.

언젠가는 그들도 죽어서

나란히 함께 묻히게 되네.

그들의 죽음에 슬퍼할 사람은 없고

경찰들은 안도의 숨을 쉬네.

시는 보니가 클라이드를 꽤 신뢰하고 있었음을 보여준다. 클라이드가 감옥에서 몇몇을 죽였다고 쓴 대목은 실제로 클라이드가 감옥에 있을 때 교도관과 재소자들로부터 가혹 행위를 당했고, 그로 인해 교도소에 대한 증오가 심했기 때문이다. 영화에는 안 나오지만 클라이드는 교도소를 습격해서 죄

수들을 탈옥시키기도 했다. 이 대담한 사건은 연방 정부까지 갱단의 추적에 나서도록 하는 계기가 되었고, 두 사람은 결국 비참한 최후를 맞이하게 된다.

보니는 1932년부터 클라이드를 따라다녔으며, 두 사람이 최후를 맞이한 건 1934년 5월 23일이다. 차를 타고 가다 잠복하고 있던 경찰들에게 집중사격을 당해 그 자리에서 사망했는데, 얼마나 총을 많이 쏘았는지 차가 온통 벌집이 되었고, 그런 흔적을 고스란히 간직한 차는 지금도 박물관에 보관되어 있다. 검시관에 따르면 클라이드의 시신에는 17발, 보니의 시신에는 26발의 총알 자국이 있었다고 한다. 보니는 클라이드를 따라다니며 범행에 가담했지만 직접 총을 쏜 적은 없었다는 증언도 있다.

보니는 자신이 쓴 시에서 만일 죽게 되면 클라이드와 함께 묻히길 바란다고 했으나 가족들의 반대로 그런 소망은 이루지 못했다. 두 사람이 워낙 유명했던 탓에 죽은 뒤에도 사람들의 호기심이 상당했으며, 보니의 장례식에 2만 명이 넘는 사람들이 몰려들 정도였다. 보니의 묘지는 사람들이 찾는 명소가 되다시피 했고, 무덤에는 보니의 시에서 따온 다음 구절을 명판에 새겨 두었다.

As the flowers are all made sweeter

by the sunshine and the dew,

So this old world is made brighter

by the lives of folks like you.

햇살과 이슬로 꽃들이

한층 달콤해지듯

당신 같은 사람의 삶에 의해

이 오래된 세상이 더 밝아지네.

　이토록 아름답고 긍정적인 내용의 시를 썼던 젊은 여성이 왜 살인을 일삼는 갱단의 일원이 되었을까? 그건 사건이 일어난 시대가 대규모의 공황기에 들어선 때였기 때문이 아닐까 싶다. 1929년 10월 24일 뉴욕 주식시장의 주가 폭락을 계기로 시작된 대공황은 국민총생산(GNP)을 절반 이하로 떨어뜨렸고, 대규모의 실업자를 발생시켰다. 존 스타인벡의 소설 『분노의 포도』 등을 보면 당시에 사람들이 얼마나 비참한 생활을 했는지 알 수 있다.

　경제가 어려우면 하층민들이 더 큰 피해를 당하기 마련이다. 두 사람은 대공황기 한복판에서 삶의 의미나 희망을 찾기 어려웠을 것이다. 영화 속에서 클라이드는 몇 차례에 걸쳐 자신은 거짓말은 안 한다는 말을 하고, 보니의 어머니를 만나서는 이렇게 말한다.

"지금은 이게 돈을 버는 최선의 방법입니다. 불황이 끝나는 대로 이 짓은 그만두겠어요. 약속해요."

물론 이 약속은 지키지 못했다. 약속의 이행 여부를 떠나 많은 사람을 죽인 죄는 아무리 시대 상황을 들먹여도 용서받을 수 없는 죄악임이 분명하다. 더구나 범죄를 저지르는 동안 죄의식을 느끼기는커녕 즐거워하는 모습을 보여 주는 건 충분히 반감을 살 만한 일이기도 하다.

그래도 안타까운 마음마저 사라지는 건 아니다. 영민했던 문학소녀가 갱단에 참여하도록 만든 시대는 누가 불러들였을까? 세상의 부를 독점한 집단의 탐욕 외에는 설명이 안 된다. 그런 세상에 대한 비뚤어진 방식의 저항 혹은 반항이라고 하면 과한 걸까? 최소한 부조리한 세상에 대해 야유와 조롱을 보내고 싶었다고 할 수는 있지 않았을까 싶다.

그래서일까? 영화를 보면서 1988년에 '유전무죄 무전유죄'라는 유명한 말을 남기고 경찰의 총격을 받아 사망한 탈옥범 지강헌이 떠올랐다. 1988년 10월 8일에 서울 영등포교도소에서 충남 공주교도소로 이송 중이던 25명 중 미결수 12명이 호송차를 탈취한 뒤 집단으로 탈주했다. 경찰의 추적을 따돌리며 며칠씩 도망 다니던 탈주자들 중 지강헌을 비롯한 몇 명은 북가좌동의 주택가로 숨어들었다. 그리고 경찰의 포위망이 좁혀 들자 거주민을 인질로 삼아 경찰과 대치했다. 그중 탈주범 두 명은 권총으로 자살하고 지강헌은 경찰의 총격을 받아 사망했다. 지강헌 일당의 탈주극은 그렇게 9일 만에 끝났다.

가난 때문에 초등학교밖에 못 나온 지강헌도 어릴 때의 꿈은 시인이었다고 한다. 범죄자가 되기 전의 지강헌은 선한 심성을 가진 사람이었을 것이다. 인질극을 벌이기는 했지만 인질을 해치지는 않았고, 자신의 동료를 밖으로 내보내 살려 보려고도 했다. 그랬던 지강헌이 강도와 절도를 일삼게 된 건 불평등한 사회구조에서 비롯한 측면이 많다. 물론 어려운 환경에서 자란 사람들이 모두 범죄를 저지르는 건 아니고 지강헌 일당의 죄가 가벼운 것도 아니다. 그럼에도 지강헌 일당은 세상에 대해 외치고 싶은 말이 많았다.

"돈 없고 권력 없이는 못 사는 게 이 사회다. 전경환의 형량이 나보다 적은 것은 말도 안 된다."

경찰과 대치 중이던 지강헌이 외친 말이다. 지강헌은 징역 7년에 보호감호 10년을 선고받은 상태였다. 그에 반해 사기와 횡령으로 수십억 원에 해당하는 금액을 취한 전경환에 대해서는 너무 관대한 형을 내렸다는 항변이었다. 지금도 그렇지만 당시에도 돈과 권력을 지닌 자들이 떵떵거리며 사는 동안 밑바닥 인생들은 차별과 설움만 당한다는 인식이 널리 퍼져 있었다. 그래서 지강헌의 항변에 공감하며 그의 처지를 동정하는 사람들도 꽤 있었다.

지강헌 사건 역시 훗날 〈홀리데이〉(양윤호, 2006)라는 영화로 만들어졌다. 영화 제목은 지강헌이 죽기 전에 자신이 좋아하는 노래인 비지스의 〈홀리데이〉를 틀어 놓고 있었던 사실에서 가져왔다. 만일 지강헌이 시를 썼다면 어떤 시가 나왔을까 궁금하기도 하지만 부질없는 상상일 테다. 시가 지강헌의 삶을 구원해 주는 도구는 되지 못했으리란 건 분명하다.

'무전유죄 유전무죄'라는 짧고 단순 명쾌한 말이 그 어떤 시보다 강렬하게 사람들 마음속으로 파고들었으나 그런 현실이 지금이라고 해서 크게 달라진 것 같지는 않아 씁쓸한 마음을 더해 준다.

아프리카가

전해 준

아름다운 서사시

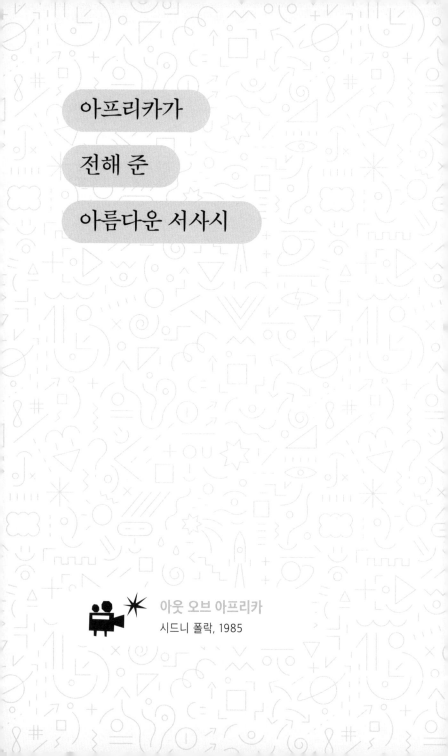

아웃 오브 아프리카
시드니 폴락, 1985

아프리카 초원 지대에서 17년 동안 농장을 일구며 산 여인이 있다. 부호였던 아버지의 유산을 물려받은 덴마크의 카렌 디네센(메릴 스트립)은 귀족 신분이지만 돈이 없던 스웨덴 출신 브로 남작과 결혼하기로 한 다음 아프리카 동부의 케냐로 가서 결혼식을 올린다. 사랑해서가 아니라 남작 부인이라는 칭호를 얻기 위함이었다. 그건 남자 역시 마찬가지여서 여자가 지닌 재산을 보고 한 결혼이었다. 그렇게 일종의 정략결혼을 한 두 사람은 그곳에서 소를 키우는 목장을 경영하며 살 생각이었다.

큰 꿈을 안고 찾아간 아프리카에서 남편은 카렌의 뜻과 달리 모든 게 제멋대로다. 애초에 목장을 만들기로 했으나 남편은 멍청한 소 떼나 키우고 싶지는 않다며 목장 대신 커피 농장을 만들었다. 그런가 하면 사냥을 한다며 밖으로만 돌고, 다른 여인들과 바람을 피우느라 바빠 농장 경영은 오로지 카렌의 몫이 되었다. 둘은 여러 면에서 서로 맞지 않는 짝이었고, 문란한 생활을 하던 남편에게서 매독까지 옮은 카렌은 덴마크로 가서 치료를 받고 와야 하기도 했다.

그런 생활을 하던 중 카렌은 데니스(로버트 레드포드)라는 남자를 만나 서서히 사랑에 빠진다. 아프리카를 떠돌며 생활하는 데니스는 사냥 실력은 물론 모차르트 음악을 좋아하고, 문학에 조예가 깊으며, 각종 스포츠에도 능했다. 그렇게 다양한 재능을 가진 남자에게 어찌 끌리지 않을 수 있겠는가. 온 마음을 다해 아프리카를 이해하고 사랑하는 사람이었던 데니스는 아프리카를 돌아다니다 불쑥 카렌의 집에 찾아와 머물다 가곤 했다. 카렌도 불편했던 생활에 익숙해지면서 차츰 아프리카를 좋아하게 된다.

영화는 여성 노인이 아프리카에서 있었던 일을 회상해서 들려주는 식으로 시작한다. 실제로 영화는 같은 제목으로 된 카렌의 회고록을 바탕으로 했다. 카렌이 완성한 원고는 여러 출판사에서 퇴짜를 맞는 바람에 1937년 미국에서 초판을 찍어야 했다. 그리고 저자명으로 카렌이 아닌 아이작 디네센을 사용했다. 카렌은 이야기 만들기에 재능이 있었으며, 아프리카에 오기 전 이미 소설을 발표한 적이 있는 작가였다. 카렌과 데니스가 만나면 새벽이 올 때까지 대화를 나누었는데, 카렌이 이야기를 꾸미는 능력이 있어서 그렇기도 했지만 원주민들로 둘러싸인 아프리카에서 말이 통하는 사람을 만나는 일이 쉽지 않았던 여건도 작용했을 법하다.

카렌의 회고록에 데니스와 친하게 어울려 지냈다는 내용은 나오지만 연인 관계를 암시하는 대목은 없다. 그렇지만 둘이 연인이었다는 건 주변 사람들이 다 아는 사실이었고, 그런 정황은 주디스 서먼이 카렌의 삶에 대해 쓴 전기에 자세하게 나온다. 그래서 영화는 카렌의 회고록을 일부 참고하면서 주디스의 전기에 나오는 내용들을 많이 끌어 들였다.

영화에 시를 낭송하는 장면이 두 번 나온다. 한 번은 카렌과 데니스가 함께 아프리카 초원을 여행하던 중 데니스가 카렌의 머리를 감겨 주는 장면에서다. 카렌의 머리에 비누칠을 한 다음 물동이에 든 물을 부어 비눗물을 씻겨 주는데, 이때 데니스가 시를 읊는다.

크고 길게 웃고 나서
눈알을 이리저리 굴리면서
하하! 그는 말했다.
나는 똑똑히 보이네.
악마는 노 젓는 법을 잘 알아.
안녕히, 안녕히…

듣고 있던 카렌이 시를 빼먹으면서 암송한다고 하자 데니스는 시시한 부분은 생략하기도 한다면서 뒷부분을 마저 암송한다. 시의 원문에 매이기보다 자기만의 방식으로 시를 즐기는 것일 수 있겠는데, 창작자인 시인의 몫이 있다면 향유자인 독자의 몫이 따로 있을 수 있다는 걸 생각해 보게도 된다. 시는 배우고 익히는 게 아니라 즐기는 것이라는 사실과 함께.

나, 결혼 하객들에게 말하노니
그는 기도를 잘했고
사람과 새 그리고 짐승 모두를 사랑하였지.

데니스가 암송한 건 영국 시인 새뮤얼 테일러 콜리지(1772~1834)의 시 「늙은 선원의 노래」('노수부의 노래'라는 제목으로 번역되어 있기도 하다)라는 시에 나오는 구절이다. 콜리지는 흔히 윌리엄 워즈워스와 함께 쓴 『서정민요집(*Lyrical Ballads*)』을 펴내며 영국 낭만주의 운동을 시작했다고 알려진 시인이다. 「늙은 선원의 노래」는 이 시집 맨 앞에 실려 있으며 꽤 긴 분량의 서사시다. 감독은 왜 하필 콜리지의 시를 인용했을까?

카렌이 쓴 회고록에 따르면 데니스가 아프리카에서 죽은

뒤 그의 형이 무덤 앞에 오벨리스크 형상의 탑을 세우고, 데니스가 평소에 애송하던 콜리지의 시를 새겼다고 한다. 그런 사실과 별개로, 머리 감겨 주는 장면이 유명해지면서 국내에서 같은 설정을 사용해 샴푸 광고를 만든 적도 있다.

또 하나는 데니스가 죽은 다음 입관식을 진행할 때 카렌이 추모의 마음을 담아 시를 낭송하는 장면이다. 카렌은 표지가 낡은 시집을 들고 등장하는데, 데니스는 자신의 책과 축음기, 음반 등 모든 물품을 카렌의 집에 놓아두었다. 카렌이 들고 온 시집은 아마도 데니스 소유의 시집이었을 것이다.

당신이 경주에서 이겼을 때
우린 장터에서부터 당신에게 응원을 보냈죠.
남자들과 소년들은 환호를 보냈고
우리들은 당신을 목말 태워 집으로 데려왔죠.

멋진 청년은 너무도 빨리
영광이 퇴색한 들판을 지나쳐 버렸네.
월계수는 빨리 자라나지만
장미보다 빨리 시든다네.

이제 당신은 명예의 옷을 걸친

젊은 군중을 흥분시키진 못하겠지요.

승리한 주자의 이름은

그의 죽음보다 빨리 사라졌지요.

색 바랜 월계관 머리맡에는

힘이 다한 죽음을 보려고 사람들이 몰려들고

그의 머리 위엔 소녀의 꽃다발보다 더 빨리 시드는

화환이 놓여 있네.

이 시는 영국 시인 알프레드 에드워드 하우스먼(1859~1936)의 시집 『슈롭셔의 젊은이』에 실린 「젊어서 죽은 운동선수를 위하여(To an athlete dying young)」라는 작품이다. 카렌보다 두 살 어린 데니스가 죽은 건 44세의 비교적 젊은 나이였다. 장례식 때 카렌이 실제로 시를 낭송한 건 아니고 영화 속 설정이긴 하지만 젊은 운동선수의 죽음에 빗대어 데니스의 이른 죽음을 슬퍼하는 카렌의 심정이 잘 나타나 있다.

데니스는 경비행기를 즐겨 탔으며, 가끔 카렌을 태우고 아프리카 상공을 날곤 했다. 영화는 두 남녀의 사랑을 주요 테마로 삼고 있지만, 아프리카의 대자연이 주는 아름다움 또한

영화의 주인공이라 할 수 있다. 인상적인 장면이 많이 등장
하는데, 두 사람이 경비행기를 타고 하늘을 나는 장면은 많은
사람들이 꼽는 명장면이다. 특히 수십만 마리는 되어 보이는
홍학 떼 위로 날아가는 장면과 경비행기 위에서 앞뒤로 앉은
둘이 서로 손을 내밀어 잡는 장면은 압권이라 할 만하다.

카렌이 비록 아프리카를 사랑하고 흑인을 차별하지도 않았
지만 그래도 유럽 물이 덜 빠진 편이라면 데니스는 철저하게
아프리카에 동화된 사람이다. 영화에서 둘의 의견이 갈리는
부분이 나온다. 카렌은 학교를 세워 아프리카 아이들에게 글
을 가르치고 싶어 하는데 데니스는 그런 카렌의 계획에 반대
의견을 낸다. 아프리카 사람들은 결코 무식하지 않으며, 그들
을 영국인화하려는 건 좋지 않다는 이유를 들어 카렌을 공박
한다. 글을 배워 책으로 이야기를 읽는 것이 그들에게 무슨
해가 되느냐는 카렌의 말에는, 그들에게도 나름대로 이야기
가 있으며 적어 놓지 않을 뿐이라는 말도 한다.

데니스는 카렌에게 무엇이든 소유하려는 마음을 버리라고
한다. '나의 아프리카', '나의 농장' 같은 관념을 버리라는 거
다. 카렌은 브로와 이혼한 뒤 결혼을 통해 데니스를 소유하려
는 욕망을 갖고 있지만 데니스는 결혼 같은 제도에 묶이는 걸
거부한다. 그러면서 유명한 대사를 던진다.

"우린 소유자가 아니오. 스쳐 지나갈 뿐이지."

노자의 무위자연(無爲自然) 사상을 연상시키는 듯한 말이다. 카렌은 변화를 통해 아프리카인들의 삶을 향상시키려 애쓰지만 데니스는 그런 시도 자체가 아프리카인들의 고유한 삶을 침해할 뿐이라는 관점을 취한다.

영화에도 아프리카 사람들의 독특한 사고방식을 보여 주는 장면이 나온다. 농장에서 일하던 한 아프리카 소년이 다리를 다치자, 카렌은 소년을 치료해 주고 싶어 병원에 가라고 한다. 그러자 소년은 다리에게 물어봐야 한다고 말한다. 어처구니없는 말이라고 할 수도 있겠지만 그게 아프리카 사람들이 오랜 세월에 걸쳐 익히고 살아온 자신들의 방식이다. 서양에서 태어나 줄곧 그곳 문화에 적응하며 살아온 카렌으로서는 납득하기 어려운 일이지만 데니스는 그런 아프리카 사람들의 모습을 있는 그대로 받아들여야 한다고 믿었다.

자유분방했던 데니스는 자신이 사랑하던 경비행기를 타고 가다 추락 사고로 사망했고, 아프리카 초원이 내려다보이는 언덕에 묻혔다. 카렌은 그 후 덴마크로 돌아가고 다시는 아프리카를 찾지 않았지만 데니스는 영원히 아프리카와 함께하고 있다. 신기하게도 데니스의 무덤 곁에는 종종 사자들이 와서 쉬었다 간다고 한다. 데니스의 삶은 아프리카 그 자체였고,

시를 사랑했던 만큼 그의 삶은 자유로운 영혼이 써 내려간 한 편의 아름다운 시였다고 해도 크게 어긋나지 않는다.

카렌은 소설가였지만 가끔 시도 썼으며, 회고록에 그녀의 짧은 시가 나오기도 한다. 아프리카와 같은 대자연의 경이를 마주하면서 시가 나오지 않는다면 그것도 이상한 일이겠다. 카렌의 회고록에는 시에 대한 재미있는 얘기가 나온다. '원주민과 시'라는 제목의, 한 페이지 정도에 불과한 짧은 글이다. 시라는 것 자체를 모르는 원주민 아이들에게 카렌은 내용으로는 별 의미 없는, 운율만 맞추어 재미있게 구성한 시를 스와힐리어로 만들어서 들려준다. 여러 차례 그런 과정을 거쳐 시에 익숙해지자 아이들은 카렌을 만나면 시를 들려 달라고 조른다. 그러면서 아이들은 "또 해 주세요. 비처럼 말하는 거요"라고 말하는 것이었다.

이런 일화를 일부러 기록해 놓은 걸 보면 카렌은 아프리카 아이들의 그런 표현이 신기하고 재미있었던 모양이다. 카렌은 아프리카에서는 비가 드물게 내리는 만큼 비를 간절히 바라는 마음이 작용해서 그런 게 아닐까 짐작했다. 하지만 내 해석은 조금 다르다. 카렌이 아이들에게 들려준 건 내용보다는 단지 운율만 맞춘 시라고 했는데, 비가 오는 소리를 잘 들어 보면 리듬감이 느껴진다. 가수 김현식이 부른 노래 중에 '비처럼 음악처럼'이라는 제목이 붙은 게 있는 것처럼 빗소리는 음악과 통하는 지점이 있다. 또한 음악은 시와 통하는 지점이 있을 테고. 어떤 식으로 해석하든 '비처럼 말하는 시'라니, 참 독특하고 재미있는 표현이긴 하다. 그 자체로 이미 시의 한 구절 같기도 하다. 아프리카 아이들에게 시와 노래의 구분은 별 의미가 없었을지도 모른다. 데니스가 자기만의 방식으로 시를 즐겼듯 아프리카 아이들도 마찬가지 아니었을까?

모든 것을 원주민에게 주고 아프리카를 떠난 카렌은 덴마크로 돌아와 아이작 디네센이라는 이름으로 소설을 쓰며 세계적인 작가로 발돋움한다. 1954년과 1957년에는 노벨상 후보에도 올랐으나 각각 헤밍웨이와 카뮈에게 양보해야 했다. 카렌 디네센, 아니 아이작 디네센의 17년간에 걸친 아프리카 생활은 그대로 한 편의 아름다운 서사시였다. 사랑과 삶에 대한 열정, 그리고 무엇보다 아프리카의 경이로운 자연 풍광과 함께!

카렌은 1962년에 죽었고, 그녀 소유의 영지 안에 무덤이 있다. 그리고 그곳에 카렌의 삶을 기리기 위한 박물관도 있는데, 그녀가 태어난 생가를 그대로 보존해서 만들었다.

지혜의 경전과

함께하는 시간

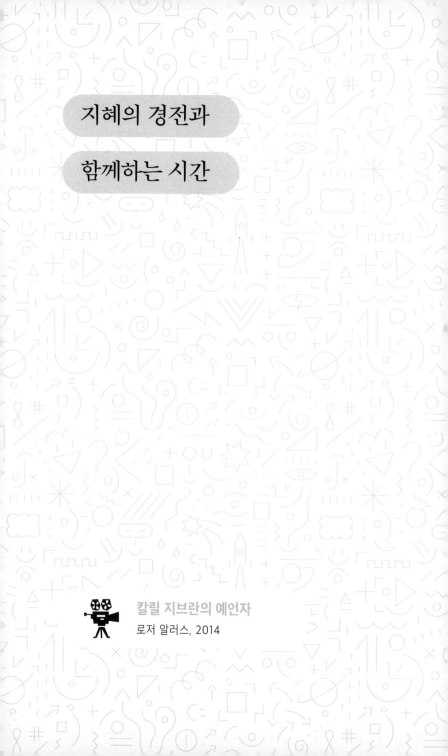
칼릴 지브란의 예언자

로저 알러스, 2014

　　　　　　　　　　제2의 성서 혹은 성서 다음으로 세
계에서 가장 많이 팔린 책이라는 찬사를 받은 시집이 있다.
칼릴 지브란(1983~1931)이 쓴 산문시집 『예언자』가 그 주인공
이다. 칼릴 지브란은 레바논에서 태어나 열두 살 때 미국으로
건너갔다가 2년 후에 베이루트로 돌아와 공부한 다음 다시 미
국으로 돌아가서 살다 죽었다. 시와 소설을 쓰고 그림을 그려
전시회도 여러 차례 할 만큼 예술가의 재능이 뛰어난 사람이
었다. 문학 작품을 쓸 때 아랍어와 영어를 함께 사용했는데,
『예언자』는 영어로 쓴 작품이다.

　처음 시집이 나왔을 때 시라기보다는 교훈을 담은 잠언에
기울어 있다는 이유로 평론가들에게서는 좋은 평가를 받지
못했다. 하지만 독자들에게 폭발적인 인기를 끌면서 전 세계
로 번역되어 나가기 시작했다. 그런 호응은 우리나라에서도
마찬가지여서 여러 군데서 번역본이 나왔고, 나도 젊었을 때
강은교 시인이 번역한 시집을 구해 읽으면서 칼릴 지브란의
매력에 빠졌던 적이 있다.

시집은 앞에 「배가 오다」, 맨 뒤에 「고별」이라는 작품을 배치한 다음 중간에 인생에 관련한 주제를 탐구한 스물여섯 편의 산문으로 된 시를 실었다. 「배가 오다」는 서문 성격을 띤 시로, 알무스타파라는 사람의 고백으로 이루어져 있다. 알무스타파는 '선택받은 자'라는 뜻이며, 12년의 유배 생활을 마치고 고향으로 돌아갈 배를 기다리고 있는 중이다. 알무스타파는 오르팰레즈 시의 성벽 안에서 보낸 12년 동안 고통의 낮들과 고독의 밤들이 너무 길었다고 말한다. 『예언자』에 실린 시들은 알무스타파가 그 기간 동안 고뇌하고 사색하며 길어낸 지혜의 샘물 같은 말들로 구성되어 있다. 그는 자신을 일러 '침묵의 탐구자'라고 했는데, '진리의 탐구자'라 불러도 무방할 만큼 그가 들려주는 말들은 삶에 대한 지혜로운 경구로 가득 차 있다.

알무스타파가 떠나려 하자 도시에 사는 원로와 사제, 시민들이 모두 나와서 더 머물러 달라고 간청한다. 하지만 알무스타파는 고개를 숙인 채 말없이 눈물만 흘리고 있었는데, 그때 알미트라라는 여인이 나타난다. 알미트라는 알무스타파가 그 성에 온 지 하루밖에 안 됐을 때 가장 먼저 찾아와 그를 믿어준 여자였다. 알미트라는 알무스타파가 떠나는 것을 막을 수는 없으나 떠나기 전에 그가 죽음과 탄생 사이에서 보았던 것을 모두 말해 달라고 청한다. 그리고 알무스타파는 입을 열어 말하기 시작한다.

「사랑에 대하여」부터 「죽음에 대하여」까지 모두 스물여섯 가지 이야기 형식을 띤 산문시로, 알미트라를 비롯해 마을 사람들이 요청한 주제에 대해 알무스타파가 답변하는 구성으로 이루어져 있다. 사람이라면 누구나 살아가는 동안 맞닥뜨리고 고민하게 되는, 하나같이 다루기 어려운 주제들이다.

애니메이션으로 만들어진 영화에서는 알무스타파가 무스타파라는 이름으로 나오고, 알미트라는 어린 소녀로 설정되어 있다. 꼬마 숙녀 알미트라는 말괄량이다. 시장에서 빵과 사탕을 훔치고, 지붕 위에 올라가 훔친 빵을 갈매기와 나눠 먹는다. 그러다 엄마가 부르는 소리에 놀라 지붕에서 미끄러지면서 과일 판매대 위로 떨어지는 바람에 난리가 난다.

시장 상인들은 알미트라가 날뛰지 않게 엄마가 잘 단속해야 하지 않냐고 힐난한다. 엄마가 사과를 하지만 상인들은 말썽을 피운 알미트라가 직접 사과해야 한다고 말하는데 알미트라는 입을 열지 않는다. 아버지가 죽고 나서부터 알미트라는 입을 다물어 버린 상태다. 2년이나 넘었는데도 알미트라의 입은 열리지 않는다.

"제일 그리운 게 뭐게? 네 목소리야."

엄마의 간절한 소망에도 알미트라의 입은 열리지 않고 학교도 가려 하지 않는다. 학교 대신 알미트라는 엄마가 일하는 집으로 따라간다. 그곳은 무스타파라는 이름을 가진 시인이 갇혀 살고 있는 집이다. 무스타파는 시를 쓴다는 엉뚱한 이유로 7년째 연금 중인 상태다. 무스타파는 알미트라에게 사람들은 다들 자신이 갇힌 줄 아는데 사실은 새처럼 툭하면 날아다닌다고 한다. 물론 상상 속에서.

"우린 갇혀 있지 않아. 집안에든 몸속에든 사람들이 가둔대도 우리들은 영혼이라 바람처럼 자유롭지."

알미트라는 그렇게 말하는 무스타파가 마음에 든다. 이어서 무스타파는 알미트라에게 시처럼 아름다운 말을 들려준다. 무스타파가 들려주는 말은 칼릴 지브란의 시집 『예언자』에 나오는 시 구절들이고, 그중에서도 가장 먼저 들려주는 건 「자유에 대하여」이다. 무스타파가 갇혀 있는 처지를 반영해서 선택한 이야기였을 것이다.

사람들이 엎드린 채 자유를 원하는 걸 보았단다. 마치 폭군 손에 죽임을 당할지라도 그 앞에 무릎 꿇고 찬양하는 노예처럼. 가장 자유로운 자들이 그 자유를 수갑처럼 찬 걸 보았지. 그

때 내 마음에선 피가 흘렀단다. 자유를 목적으로 하지 않을 때 비로소 자유로워지는 법. 어찌 자유롭다 할까? 스스로를 졸라 매는 사슬을 끊지 않는다면.

무스타파가 들려주는 건 시 원문과 똑같다. 다만 시들이 길어서 일부만 발췌해서 낭독하는 형태이긴 하지만.

「자유에 대하여」의 낭독이 끝난 다음 알미트라의 엄마가 차를 가져왔고, 알미트라가 책상 위로 뛰어오르는 바람에 찻주전자가 넘어지면서 무스타파가 그린 그림과 무스타파의 바지 위로 찻물이 쏟아졌다. 알미트라의 엄마가 미안해하며 사과하자 무스타파는 덕분에 오히려 그림이 좋아졌다며 괜찮다고 한다. 자신의 딸은 말이 안 통하고 전혀 통제가 안 된다고 하자 당연한 일이라며, 그건 알미트라가 엄마의 소유물이 아니기 때문이라고 한다. 그런 말을 들은 알미트라는 무스타파가 더욱 마음에 든다. 그러면서 자연스레 무스타파가 「아이들에 대하여」라는 두 번째 시를 들려주는 것으로 이어진다. 핵심은 '당신의 아이들은 당신의 아이들이 아니고 스스로 생명을 구하는 아들, 딸일 뿐'이라는 것, 그들의 영혼은 내일의 집에 살고 있다는 것, 그러니 아이들을 당신처럼 만들려 하지 말라는 내용이다. 그러면서 유명한 구절이 따라온다.

당신은 활이고 아이들은 살아 있는 화살처럼 그 활에서 날아
간다.

시 들려주기를 끝냈을 때 하사가 찾아와서 무스타파가 이
제 풀려나게 됐다는 말을 전한다. 그러면서 단서를 붙이길 자
신의 나라로 돌아가서 다시는 이곳 오르팔레세로 돌아오지
말라고 한다. 하사는 당장 떠나라며 무스타파를 항구로 데려
가고, 무스타파를 따라가려던 알미트라를 엄마가 못 가게 막
는다. 그러자 알미트라는 엄마가 다른 일을 하는 틈을 타 몰
래 무스타파를 뒤쫓아 간다.

무스타파 일행이 항구를 향해 가는 길에 거리에서 결혼 잔
치를 벌이고 있던 사람들을 만나게 되고, 소식을 들은 사람들
은 다들 잘 됐다며 축하 인사를 건넨다. 그리고 신부의 어머
니가 무스타파에게 자신의 딸에게 들려줄 이야기를 청한다.
이번에는 「결혼에 대하여」라는 시다.

함께 서되 너무 가까이 서 있진 말길. 사원의 기둥들도 떨어
져 있으며 참나무와 소나무도 서로의 그늘에서 자라지 않기에.

서로 사랑하되 속박하는 관계가 되지 않도록 하라는 게 무

스타파의 가르침이다.

일행은 다시 길을 떠나고, 알미트라는 그들 몰래 계속 뒤따라간다. 시장에 도착하자 상인들 역시 무스타파를 반갑게 맞아 주고, 그들에게 무스타파는 「일에 대하여」를 들려준다.

모든 일은 고귀합니다. 당신은 일을 함으로써 대지와 그 영혼에 걸음을 맞추어 갑니다. (…) 또한 사랑으로 일할 때 자기 자신과 다른 사람들과 또 신과 하나가 될 수 있죠. (…) 일은 사랑을 눈에 보이게 하는 겁니다.

하사가 빨리 가자고 재촉하자 따뜻한 밥이라도 먹고 가게 해야 한다며 상인들이 너도나도 먹을 것을 가져온다. 그러자 「먹고 마심에 대하여」가 무스타파의 입에서 흘러나온다.

또한 이로 사과를 베어 물 때 맘속으로 말하라. 너의 씨앗은 내 몸 속에 살며, 내일 돋아날 싹은 내 심장에서 꽃피우리. 너와 나의 피는 하늘나라의 나무를 키우는 수액이니 우리 함께 사시사철 기쁨을 누리리.

가는 곳마다 사람들이 무스타파를 환대하는 것을 본 하사는 전화로 상부에 무스타파가 위험한 인물이라는 보고와 함께 인원을 더 보내 달라며 모종의 음모를 꾸민다. 그리고 하사의 전화 내용을 알미트라가 몰래 엿듣는다.

그 사이에 무스타파의 경비병 노릇을 하는 할림이 알미트라의 엄마 카밀라를 사랑한다며 사랑에 대한 말을 들려 달라고 요청한다.

사랑이 손짓하면 따라가길. 그 길이 험하고 가파를지라도. 사랑이 날개로 감싸면 그에 몸을 내맡기길. 비록 날개 속에 칼을 숨겼을지라도. 사랑이 말을 걸면 그 말을 믿기를. 비록 그 목소리가 당신의 꿈을 부술지라도. (…) 사랑은 사랑 외엔 아무것도 주지 않고 사랑 외엔 아무것도 취하지 않네. 사랑은 소유하지도 소유당하지도 않네. 사랑만으로 충분하기에.

시장을 떠나 드디어 항구에 도착했다. 그런데 군인들이 몰려와 있고, 무스타파를 고향으로 가는 배에 태우는 대신 감옥으로 끌고 가려 한다. 환송하러 나온 주민들이 군인들을 가로막으며 호송을 저지하자 군인들이 곤봉으로 무자비하게 폭력을 휘두른다. 그러자 무스타파가 나서서 진정시킨 다음 「선과 악에 대하여」를 읊기 시작한다.

자신과 하나 될 때 그대들은 선하리. 허나 자신과 하나 되지 않을 때도 악하진 않나니. 키 없는 배는 위험한 섬들 사이를 정처 없이 헤맬지라도 바닷속으로 가라앉진 않기에. 목표를 향해 힘차게 걸을 때 그대들은 선하리. 허나 절룩이며 간대도 악하진 않나니. 절룩이는 이들도 뒤로 걷진 않기에. (…) 위대한 자아를 갈망하는 마음이 곧 선이며, 그 갈망은 모두에게 있나니.

하사는 말을 마친 무스타파를 끌고 자신의 상관에게 데려간다. 상관은 무스타파에게 자유를 얻게 된 날 사람들을 선동해서 폭동을 몰고 왔다며 비난하고 무스타파는 폭동은 당신 부하들의 곤봉이 몰고 왔다고 대꾸한다. 상관은 무스타파에게 그동안 한 말과 글들은 젊을 때 범한 잘못이며 선동적이었음을 시인하고 회개한다는 내용의 글에 서명하면 고향으로 보내 주겠다고 제안한다. 그러면서 반역죄에 대한 형벌은 사형이라는 협박을 곁들인다.

제안을 거부한 무스타파는 감옥에 갇히고, 알미트라가 엄마와 할림을 데리고 무스타파가 갇힌 감옥으로 간다. 알미트라는 감옥 창틀에 매달려 처음 만났을 때 무스타파가 자신에게 말해 준 것처럼 영혼을 이용해 날아서 탈출하라고 말한다. 안 그러면 저들이 무스타파를 죽일 수 있다면서. 알미트라가 처음으로 입을 열어 말하는 목소리를 듣고 엄마는 눈물을 흘린다. 알미트라의 말에 무스타파는 죽음을 두려워할 필요는 없다며 마지막 시인 「죽음에 대하여」를 시작한다.

삶의 한가운데서 찾을 때만이 비로소 죽음의 비밀을 알게 되지. 밤에만 보는 올빼미는 낮엔 눈이 멀어 빛의 신비를 볼 수 없단다. 희망과 욕망의 깊숙한 곳에 고요한 미지의 세계가 놓여 있으니 겨울 눈 속에서도 꿈꾸는 씨앗처럼 너의 마음은 봄을 꿈꾸게 되지. 그 꿈을 믿으렴. 그 안에 영원으로 가는 문이 감춰져 있단다. (…) 너의 몸이 대지로 돌아가게 될 때 비로소 진정 춤추리.

시 낭독을 마친 다음 무스타파는 자기가 머물던 집에 남아 있는 자신의 그림과 글을 알미트라에게 줄 테니 가지라고 말한다. 그런 다음 나중에 사람들에게 그 모든 걸 보여 주고 들려주라고 한다.

"내 말은 날개고 넌 나의 배달꾼이야."

다음 날 무스타파를 감옥에서 끌고 나온 상관은 마지막으로 생각을 바꿀 기회를 주겠다고 말하지만 무스타파는 사람들이 이미 알고 있는 걸 말했을 뿐이라며 거부한다. 상관은 무스타파가 남긴 글과 그림을 모두 없애 버리겠다며 부하들을 집으로 급파하지만 알미트라와 엄마가 미리 가서 모두 가지고 나온다. 무스타파에게 사형이 집행되려는 순간 하늘을 날던 갈매기들이 몰려들어 무스타파 앞에 내려앉고, 밖에서는 사람들이 무스타파를 부르는 소리가 들려온다. 무스타파는 마지막으로 마을 사람들에게 이런 말을 남긴다.

내 배의 선장은 한없이 인내하고 돛은 쉬지 않고 펄럭이거늘, 바다의 노래를 들은 선원들 더는 기다리지 못하리니 나도 준비가 되었다. 그대들에게 돌아오리라는 것을 잊지 말길. 얼마 후 내 갈망은 먼지와 거품을 모아 다른 몸이 되리니 잠시 바람결에 한숨을 돌리고 나면 또 다른 여인이 나를 낳으리. 그대들이여, 함께 보낸 내 청춘이여, 안녕히. 우리가 꿈속에서 만난 것이 어제이나 이제 잠에서 깨었고 꿈은 끝났으니 헤어져야 하리. 기억의 황혼 속에서 다시 만나면 함께 이야기하고 내게 더 깊은 노래를 불러 주리.

이 말은 시집에 실린 마지막 시 「고별」에 나오는 구절들이다. 이어서 요란한 총소리가 울리자 갈매기들이 일제히 날아오르고, 무스타파의 글과 그림을 가지고 도망치던 알미트라와 엄마가 총소리에 놀라 손에 들고 있던 것들을 놓친다.

바다를 바라보던 알미트라가 엄마를 부른다. 바다에는 무스타파를 고향으로 실어다 주기로 했던 배가 항구를 떠나고, 배 주위를 갈매기들이 호위하듯 빙 둘러싸며 날고 있다. 알미트라는 그 배에 무스타파가 타고 있다고 믿는다. 엄마의 눈에도 배에 탄 무스타파의 환영이 보인다.

떠나는 배를 배경으로 무스타파의 목소리가 흘러나온다.

친구와 헤어질 때 슬퍼 말길. 그의 가장 사랑하는 면은 그가 없을 때 더욱 또렷할지니, 영혼을 깊게 하는 것 외엔 우정 안에 다른 목적을 두지 말길.

알미트라에게 마지막으로 남기는 유언처럼 들리는 이 말은 「우정에 대하여」에 나오는 구절이다. 그렇게 영화가 끝나고 자막에 '칼릴 지브란을 기리며'라는 말과 '칼릴 지브란의 『예언자』에서 영감을 받은 작품'이라는 말이 뜬다.

『예언자』는 칼릴 지브란이 어릴 때부터 구상해서 1923년에 발표할 때까지 약 20년에 걸쳐 완성한 작품이다. 시집보다 명

상록에 가까울 정도로 인생의 지혜를 담은 내용들로 채워져 있으며, 다양한 비유와 매혹적이면서 아름다운 경구를 사용하여 독자들의 마음을 끌어당기고 있다. 레바논 출신답게 시의 내용에 신비성과 종교성이 강하게 드러나는 한편 동양 사상과 통하는 지점도 많다. 칼릴 지브란은 화가로 활동한 이력을 살려 자신이 직접 그린 삽화를 시집 안에 싣기도 했다.

칼릴 지브란의 시가 묵직한 주제를 다룬 것들이고 계속 시로 이어지는 구성임에도 어렵거나 지루하게 다가오지 않게 각색한 솜씨를 칭찬할 만하다. 시가 이야기를 들려주는 산문시 형식으로 되어 있는 점도 영화로 만들기에 적합한 조건으로 작용하긴 했을 것이다.

영화는 애니메이션이라는 장르의 특성을 잘 살렸다. 무스타파가 시를 들려주는 장면마다 독특하고 아름다운 그림으로 배경 화면을 채우면서 상상력을 자극하는 동시에 시각적인 즐거움을 누릴 수 있도록 했다. 또한 몇 작품은 낭독이 아니라 노래로 만들어 들려줌으로써 멋진 음악을 감상하는 기회까지 제공했다. 영화가 종합예술이라는 점을 십분 살린 작품이다.

칼릴 지브란은 죽을 때까지 결혼을 하지 않았다. 비교적 이른 나이인 48세로 생을 마감한 건 외로움을 달래기 위해 알코

올에 의존한 시간이 많았기 때문이라고 한다. 1931년 4월 10일, 결핵과 간경화 증세가 악화되어 병원에서 삶을 마감했다. 고향에 묻히고 싶다는 유언에 따라 다음 해인 1932년 레바논에 있는 마르 사르키스 수도원으로 시신을 옮겨 안장했다.

이 책에 실린 영화를 볼 수 있는 곳

2022년 7월 기준.
각 서비스 채널의 사정에 따라 달라질 수 있다.

★ **패터슨** (짐 자무시, 2016)

웨이브, 티빙, 유튜브, 네이버영화, 구글플레이

★ **나의 작은 시인에게** (사라 코랑겔로, 2018)

넷플릭스, 유튜브, 네이버영화, 구글플레이

★ **죽은 시인의 사회** (피터 위어, 1989)

티빙, 유튜브, 네이버영화, 디즈니플러스, 구글플레이

★ **우리가 사랑이라고 믿는 것** (윌리엄 니콜슨, 2019)

웨이브, 티빙, 유튜브, 네이버영화, 구글플레이

★ **위험한 아이들** (존 스미스, 1995)

유튜브, 네이버영화, 디즈니플러스, 구글플레이

★ **인터스텔라** (크리스토퍼 놀란, 2014)

넷플릭스, 왓챠, 웨이브, 티빙, 유튜브, 네이버영화, 구글플레이

★ **오싱** (토가시 신, 2013)

티빙, 네이버영화

★ **보리밭을 흔드는 바람** (켄 로치, 2006)

웨이브, 티빙, 유튜브, 네이버영화, 구글플레이

★ **영원과 하루** (테오 앙겔로풀로스, 1998)

왓챠, 웨이브, 네이버영화

★ **이퀼리브리엄** (커트 위머, 2002)

왓챠, 웨이브, 티빙, 유튜브, 네이버영화, 구글플레이

★ **이퀄스** (드레이크 도레무스, 2015)

왓챠, 티빙, 유튜브, 네이버영화, 구글플레이

★ **초원의 빛** (엘리아 카잔, 1961)

유튜브, 네이버영화

★ **흐르는 강물처럼** (로버트 레드포드, 1992)

넷플릭스, 왓챠, 웨이브, 티빙, 유튜브, 네이버영화, 구글플레이

★ **바람이 우리를 데려다 주리라** (압바스 키아로스타미, 1999)

왓챠, 웨이브, 네이버영화

★ **일 포스티노** (마이클 래드포드, 1994)

웨이브, 티빙, 유튜브, 네이버영화, 구글플레이

★ **공기인형** (고레에다 히로카즈, 2009)

넷플릭스, 티빙, 유튜브, 네이버영화, 구글플레이

★ **코뿔소의 계절** (바흐만 고바디, 2012)

왓챠, 티빙, 네이버영화

★ **실비아** (크리스틴 제프스, 2003)

왓챠, 웨이브, 네이버영화

★ **조용한 열정** (테렌스 데이비스, 2016)

유튜브, 네이버영화, 구글플레이

★ **엘리자베스 비숍의 연인** (브루노 바레토, 2013)

왓챠, 티빙

★ **나비의 꿈** (일마즈 에르도간, 2013)

넷플릭스

★ **우리에게 내일은 없다** (아서 펜, 1967)

DVD 구입

★ **아웃 오브 아프리카** (시드니 폴락, 1985)

웨이브, 네이버영화

★ **칼릴 지브란의 예언자** (로저 알러스, 2014)

네이버영화

문학 시간에 영화 보기 **2**

외국 영화로 만나는 시와 시인들

초판 1쇄 발행 2022년 8월 15일

+ 지은이 박일환
+ 펴낸이 오은지
+ 책임편집 변홍철
+ 편집 오은지 변우빈
+ 일러스트 이내
+ 디자인 정효진

○ 펴낸곳 도서출판 한티재
○ 등록 2010년 4월 12일 제2010-000010호
○ 주소 42087 대구시 수성구 달구벌대로 492길 15
○ 전화 053-743-8368   ○ 팩스 053-743-8367
○ 전자우편 hantibooks@gmail.com   ○ 블로그 blog.naver.com/hanti_books
○ 한티재 온라인 책창고 hantijae-bookstore.com